Über dieses Buch Seit seinem Debüt mit der ›autobiographie des albert einstein‹ (1972) schildert Gerhard Roth mit Vorliebe Gestalten, die zu ihrer Umwelt ein gestörtes, mindestens aber ein irritiertes Verhältnis haben; das geht bis zum schizophrenen Auseinanderfallen von Ich und Welt. Dieses Thema bestimmt auch die Handlung seines zuletzt publizierten Buches ›Am Abgrund‹. Erzählt wird die Geschichte des ungleichen Freundespaares Lindner und Jenner. Beide ziehen vom Land in die Großstadt (Wien). Während der ›verrückte‹ Lindner sich im Kopf und auch auf dem Papier seine Welt entwirft, streift der Jurastudent Jenner durch die Stadt und begeht wie absichtslos Morde. (Und erlebt während einer Gerichtsverhandlung mit, wie ein gänzlich Unschuldiger an seiner Stelle verurteilt wird; Jenner bleibt ungerührt.) Der »Archäologe der Gegenwart«, wie Roth sich selbst bezeichnet, spürt ›Am Abgrund‹ Wahrnehmungsweisen der Welt und der Sprache von Gewalt und Ohnmacht nach, von Opfern und Tätern. »Auf geradezu unheimliche Art und Weise«, fand die Zürcher ›Weltwoche‹, »hat der Grazer Gerhard Roth in seinem jüngsten Buch ›Am Abgrund‹ die Undurchdringlichkeit der Realität und die Undurchschaubarkeit dessen, was wir Schicksal zu nennen pflegen, literarisch gestaltet.«

Der Autor Gerhard Roth wurde 1942 in Graz geboren. Nach einem Medizinstudium war er lange Zeit Organisationsleiter im Rechenzentrum Graz. Heute lebt er als freier Schriftsteller in der Weststeiermark. 1978 war er der erste Preisträger der Südwestfunk-Bestenliste für seinen Roman ›Winterreise‹, 1979/80 Stipendiat des Förderungsprogramms ›Ausländische Künstler zu Gast in Hamburg‹, 1983 wurde Gerhard Roth mit dem Alfred-Döblin-Preis ausgezeichnet.
Von Gerhard Roth sind im Fischer Taschenbuch Programm lieferbar: ›Der große Horizont‹ (Bd. 2082), ›Landläufiger Tod‹ (Bd. 9164), ›Schöne Bilder beim Trabrennen‹ (Bd. 5400), ›DER STILLE OZEAN‹ (Bd.5413), ›Lichtenberg, Sehnsucht, Dämmerung‹, (Bd. 7068); in der Collection S. Fischer ›Circus Saluti‹ (Bd. 2321) und Dorfchronik zum Landläufigen Tod (Bd. 2340).

Gerhard Roth

Am Abgrund

Illustrationen
von Günter Brus

Fischer Taschenbuch Verlag

Ungekürzte Ausgabe
Veröffentlicht im Fischer Taschenbuch Verlag GmbH,
Frankfurt am Main, Juli 1988

Lizenzausgabe mit freundlicher Genehmigung
des S. Fischer Verlags GmbH, Frankfurt am Main

Umschlaggestaltung: Buchholz/Hinsch/Hensinger
unter Verwendung einer Zeichnung von Günter Brus
Druck und Bindung: Clausen & Bosse, Leck
Printed in Germany
ISBN 3-596-29195-1

Inhalt

Portrait
Lindner und Jenner

JENNER
LINDNER

Lindner
JENNER

1. Kapitel

Lindner und Jenner

Franz Lindner: Selbstportrait im Rasierspiegel

Ich habe, ehrlich gesagt, Schlappohren, ähnlich einem Zirkuselefanten. Meine Körpergröße ist schwankend, und ich kann fliegen. Hier in der Anstalt gibt es ein verstimmtes Klavier, auf dem Eidechsen Kinderweisen spielen. Es kommt vor, daß sie sich an mein Bett heranschleichen und mich stundenlang anstarren. Die Feuerwolke über der Anstalt beherbergt Engel aus glühendem Sandstein, nachts erscheinen sie den Schlafenden, um sie auf lange Reisen zu entführen. Die Insassen unterscheiden sich von den Menschen in Freiheit dadurch, daß anstelle von Blut Molche in ihren Adern kreisen, die – soferne sie bei Laune sind – die wüstesten und unwahrscheinlichsten Märchen erzählen. (Das mit den Molchen weiß ich, seit ich mir in den Finger geschnitten habe, und scharenweise diese Tiere aus der Wunde sprangen.) Ich war Augenzeuge, wie die Erde am 5. April 1330 in Obergreith geboren wurde. Am blauen, heiteren Firmament öffnete sich der Himmelsnordpol und schleuderte die Sternbilder in das All und bildete in einem langsam aufglimmenden rosa Morgenlicht das Universum in Gestalt einer gigantischen Feuerwanze, deren Flügel von netzartiger Struktur waren und die silbrigen Bänder der Milchstraße umfaßten. Gottvater schwebte in einem Raum aus goldenem und violettem Licht, umkränzt von leuchtenden Blumen und Früchten und träumte die Erde, die mit einem Fanfarenstoß aus Millionen von Engeltrompeten durch die Legeröhre der Feuerwanze als

Ei in den Kosmos fiel. Die Schale aus Rosenblättern wurde weggeblasen, und der blaue runde Erdball, wie wir ihn alle kennen, kam zum Vorschein. Der Untergang der Erde vollzog sich am 3.11.1329 in St. Ulrich. Ich war als Ministrant auf dem Heimweg von einer Hochzeit, als der Himmel zu einem Rachen wurde und einen Feueratem ausstieß, der den Wald in Brand setzte. Im Knistern von Feuerfunken erschien das Gesicht des erzürnten Gottvaters, der einen in Flammen stehenden Feigenbaum in der Faust hielt, auf welchem brennende Heuschrecken saßen. Gleich Regentropfen ließen sich die ansonsten schönen Insekten aus den Zweigen und Blättern fallen, und ich sah, wie der rote Himmelsrachen sich immer weiter öffnete, bis die Erde samt mir in ihm verschwand. Meine Eltern zeugten mich am 26. September 1741 in einer Uhrmacherwerkstatt (man sagt, mich zeichnen eine gewisse Pünktlichkeit und mathematische Begabung aus). Ich will nur so viel verraten, daß ich das Produkt des Spiels zwischen Hemmung und Unruh wurde, wobei die Unruh – ein radförmiger Ring mit Spiralfeder – hin und her schwingt, und die Hemmung bewirkt, daß das Räderwerk im Takt der Schwingungen freigelassen und gesperrt wird. Bis zu meiner Geburt am 22. Juni 2606 schlief ich im Leib meiner Mutter, dessen Inneres der Blüte einer Primel ähnlich war. Mehrmals wurde ich durch den häßlichen Schädel einer Biene geweckt, ansonsten ruhte ich im gelben Dämmerlicht, bis man mich aus meinen Träumen riß. Ich fand mich auf Zeitungspapier neben einer Schüssel Blut, das von meiner Mutter stammte und sich mit meinem ersten Atemzug in einen Bienenschwarm verwandelte und aus dem Fenster flog. Eine Weile hing er an einem Apfelbaum in Form einer Traube, doch schon als ich das nächste Mal einen Blick hinauswarf, war er verschwunden. Im Alter von 68 Jahren starb ich in Graz als k.u.k. Hofrat an Schlagfluß – übrigens ein angenehmer Tod, da ich augenblicklich das Bewußtsein verlor und nicht wieder zu mir kam. Dazwischen lag ein ereignisreiches Leben. Was meinen derzeitigen Lebensmoment betrifft, befinde ich mich auf der Durchreise in der Nervenheilanstalt der Provinzhauptstadt. Ich bin von mittlerem Wuchs, meine Zähne sind kräftig. Wie an Sonntagen üblich erwarte ich den Besuch meines Vaters, doch verweigere ich ihm jede Antwort.

Franz Lindner: Portrait Alois Jenners als Hund

Bei Sonnenaufgang durchmißt mein Freund das Schlafzimmer. Sein Fell ist schwarz-weiß gefleckt, die feuchte Nase schnüffelt. Mit sich allein, nimmt er die Gestalt eines Hundes an, weil ihm so die verrücktesten Ideen kommen. Er lebt mit einem geheimen Gedanken (nachdem er ein Mädchen ermordet hat, ist er auf der Hut). Sein wabenartiges, an der Außenseite gefaltetes Gehirn enthält die Einfälle, die in ihm wie Blütenpollen herumwirbeln. Stundenlang kann er unruhig auf- und ablaufen, um die Zaubersprüche zu enträtseln, die es ihm ermöglichen, Schritte zu machen, welche ich nur in der Vorstellung setze. Von seinem Zimmer mit den weißen Vorhängen sieht er auf die hohen Bretterstapel des Sägewerks und die stillstehenden Maschinen. Kein Lebewesen ist zu sehen, aber er wittert mit der feinen Nase des Hundes die Gefahr. Er kann mit ihrer Hilfe Spuren folgen, die ich nicht sehe. Diese Spuren sind für ihn nicht Geruch, sondern vielmehr: Verheißungen und Bedrohungen in Form von fragmentarischen Bildsequenzen. (Er ist zweifellos ein Seher und Ahner von Geheimnissen.) Unauffällig gelingt es ihm, sich aus der Welt zu stehlen, denn er bewegt sich in ihr wie in einem Versteck. Er nimmt die Muster der Bodenbretter als Hinweise wahr, die Anhäufung von Steinen, die Farbe des Bodens, die Form der Blätter. Sein Verstand arbeitet in der chaotischen und schmutzigen Wirklichkeit der Gartenerde, zugefrorenen Pfützen, lehmigen Schuhen. Seine Landschaften unterscheiden sich von den unsrigen durch das Fehlen von Weite. Er ist ein Gefangener der Nähe und seines Blickwinkels. Selbstverständlich stößt er auf Horizonte, aber sein Himmel ist die Erde, während das Blau über seinem Kopf eine Grenze darstellt. Über allem aber nimmt er den Geruch von Blut wahr, sei es das des Wildes oder des Menschen. Aus der Sicht des Hundes zeigte sich Alois Jenner vom Tod seines Vaters wenig beeindruckt. Nach dem Begräbnis entschloß er sich vielmehr, das Sägewerk zu verkaufen. Er verabredete sich mit einem Mädchen am Wehr und tötete es (aus unerfindlichen Gründen). Der Hund (Zeuge des Verbrechens) verkroch sich in der Holzhütte. Er gab sich der Vergeßlichkeit der Tiere hin, deren Erinnerungsvermögen darauf beruht, ihnen nicht zu schaden. Versonnen blickte er auf die Landschaft aus Buckeln, Kratern, den Einsprengseln aus Vogelscheiße, verlorenen Maiskörnern, Sägespänhügeln und von Wind getriebenen Hühnerfedern. Eine verletzte Amsel hüpfte und mühte sich redlich, einen Jutesack zu erreichen, um sich unter ihm zu verkriechen. Schon aber war der Hund auf den Beinen und hatte sie geschnappt. Die Federn und Knochen des Vogels zwischen den Zähnen stand er vor dem gelbgestrichenen Sägewerksgebäude und betrachtete die Unebenheiten, Flecken und schadhaften Verputzstellen der Mauer, in der Meinung, auf dem hellerleuchteten Sternenhimmel die Erscheinung eines Kometen zu beobachten. Er folgte der Spur eines Risses in der Wand und – das Denken nach innen gerichtet – fand sich am nächsten Morgen in seinem Bett, als gerade ein Meteor mit Getöse das Dach durchschlug und – den Schreibtisch zersplitternd – im Zimmer zu liegen kam. Ein Meteor – aus dem Himmel gerissen – ist nur ein Stück glühendes Eisen. Trotzdem sprach der Himmelskörper, indem er langsam verglühte: »Du existierst nicht. Du bildest dir nur ein, zu leben, in Wirklichkeit ist alles nur ein Vorgang, den du nicht durchschaust, der aber nicht mehr bedeutet, als wenn ein Specht mit dem Schnabel gegen einen Baum hämmert.« Alois Jenner erhob sich aus seinem Bett, warf den Meteor aus dem Fenster und nahm die gewohnte Gestalt des kleinen Hundes an, 250 Lichtjahre von der Erde entfernt im Sternbild Canis minoris.

Aufzeichnung Alois Jenners

Der einzige Fehler, den ich begangen habe, ist der, daß ich Franz über mein Verbrechen ins Vertrauen gezogen habe. Mir fällt es üblicherweise nicht schwer, etwas zu verschweigen, aber da sich Franz seit mehr als drei Jahren im Irrenhaus befindet, wo er sich weigert, auch nur ein Wort zu sprechen – sei es den Ärzten oder dem Pflegepersonal, sei es seinem Vater, seiner Tante oder Freunden gegenüber (die inzwischen ihre Besuche längst eingestellt haben) – und vorgibt, infolge eines Unfalls im Sägewerk nicht mehr sprechen zu können (es hat nie einen solchen Unfall gegeben), glaubte ich in einer Anwandlung von Vertrauensseligkeit, ihm meine Tat gestehen zu müssen. Ich bin der einzige Mensch, mit dem er spricht – allerdings nur, wenn wir allein sind. (Aus diesem Grund begeben wir uns in den Anstaltspark, wo wir stundenlang herumflanieren und uns in philosophische Spekulationen ergehen.) Jetzt weiß ich, daß es besser gewesen wäre, ich hätte meine Tat für mich behalten, denn wenn Franz mich auch nicht verraten wird und außerdem wegen seiner Geisteskrankheit nicht glaubwürdig ist (was ich übrigens bedachte, als ich ihn ins Vertrauen zog), so stellt er doch eine Gefahr für mich dar. Nicht, daß er mir Vorhaltungen machte, Fragen gestellt oder mir Ratschläge erteilt hätte, es ist einfach die Möglichkeit, daß er mich verraten könnte, die mich nicht zur Ruhe kommen läßt. Merkwürdig, daß mich dieser Gedanke mehr belastet als die Tat. Ich habe nichts gegen Franz – im Gegenteil, wir sind zusammen aufgewachsen, gemeinsam haben wir das Gymnasium besucht, bis er den Verstand verlor (d. h., er verlor ihn nicht tatsächlich, ich habe eher den Eindruck, er verweigert ihn). Was die Ursache für seine Erkrankung ist, läßt sich schwer sagen, es läßt sich genaugenommen überhaupt nicht sagen, ob es sich um eine Krankheit handelt oder um eine Art von Verhalten, die es ihm ermöglicht, nicht in das Räderwerk der Tatsachen zu kommen. Ich bin mir nicht darüber im klaren, weshalb ich ihn einmal im Monat aufsuche und mir seine phantastischen Ideen anhöre, von denen ich überzeugt bin, daß er nur mit ihnen spielt, wie auch ich unser Gespräch nur als scherzhaften Diskurs auffasse. Nebenbei gibt er vor, ein Buch zu schreiben, mit dem er sich Tag und Nacht beschäftigt, das er mir jedoch nicht zeigt. (Möglicherweise handelt es sich um eine fixe Idee.) Was er mich sehen läßt, sind seitenlange Abschriften von »Gullivers Reisen« (die er ursprünglich auswendig lernen wollte, aber schließlich wegen seines – wie er behauptet – schlechten Gedächtnisses nur Wort für Wort zu Papier bringt). Von seinem eigenen Buch weiß ich gerade so viel, daß er die Absicht hat, die Bibel neu zu schreiben, umzuschreiben, umzudeuten, was er inzwischen vermutlich wieder aufgegeben hat. Er sammelt ferner Erzählungen von Pfleglingen und verdreht – wenn ich es richtig beurteile – den ohnedies verschrobenen Sinn, außerdem beschäftigt er sich mit dem Leben der Bienen, weshalb ich ihm verschiedene Lehrbücher und kleinere Schriften besorgen mußte. Stundenlang kann er sein Wissen über diese Insektenart ausbreiten, er, der sonst Schweigsame, redet bis zu seiner und meiner Erschöpfung, als handle es sich um Erkenntnisse, die er gewonnen und sich nicht bloß angelesen hat. Zwar ist sein Vater Imker (wer seine Mutter ist, weiß man nicht), aber solange er nicht in der Anstalt war, brachte er dem Verhalten der Bienen nicht allzu große Aufmerksamkeit entgegen. Sein hervorstechendster Wesenszug ist eine auffällige Schüchternheit. Erzählungen mit Erlebnissen von Frauen unterbricht er, indem er kurz auflacht und rascher geht. In seinem ganzen Leben hat er – soviel ich weiß – im Gegensatz zu mir – nur einmal mit einer Frau zu tun gehabt, die später von einem anderen ein uneheliches Kind zur Welt brachte. (Ich traf sie am Abend nach dem Begräbnis meines Vaters in Unkenntnis, um wen es sich handelte.) Seine Scham – ich glaube, ich nenne ihn bloß aus Gewohnheit einen Freund, denn ich hege kaum noch freundschaftliche Gefühle für ihn – gibt ihm auch die erstaunliche Kraft, schon über einen Zeitraum von mehreren Jahren zu schweigen. Er schwieg bereits, bevor man ihn einlieferte, brachte sich die Gebärdensprache der Taubstummen bei und schrieb seine Antworten nieder. Damals hatte ich die Absicht, mich vollständig von ihm zurückzuziehen, eine gewisse Neugierde aber hinderte mich daran. Wie soll ich mir diese Neugierde erklären? Sie wird, nehme ich an, von der suggestiven Kraft geweckt, die einem Verrückten mitunter gegeben ist. Nicht selten ist mir, als spräche ich mit einem Menschen, der Selbstmord begangen hat. Bei aller Klarsicht, die ihn oft auszeichnet, macht er durch kleine unkontrollierte Bewegungen und einen abwesenden Blick doch den

Eindruck, als stünde er unter Hypnose. Das sind auch schon alle Bizarrerien seines Verhaltens. Im Gespräch neigt er zur Ernsthaftigkeit, ganz selten ist er ironisch. Sein Verstummen ist mit Sicherheit keine Hinterlist, vielmehr verausgabt er sich im Schweigen, denn allmählich geht es mit einer Unfähigkeit, sich auszudrücken, einher. (Anders kann ich mir die völlige Sinnlosigkeit, die ich in seinem Abschreiben von »Gullivers Reisen« sehe, nicht erklären.) Mehr noch, es gibt Anzeichen, daß es mit einer Art Erblindung für die Außenwelt verbunden ist. Deutlicher ausgedrückt: Er kommt der Welt nicht mehr entgegen (ohne ihr aber fühllos gegenüberzustehen). Ich werde den Verdacht nicht los, daß ihn eine geheime Absicht am Leben hält, und wenn es keine geheime Absicht ist, so ist es eine Lust am Hinauszögern des Untergangs, der für ihn nicht bloß Schrecknis zu sein scheint (obwohl er – wie er immer wieder durchblikken läßt – unter Todesangst leidet). Seit ich ihm mein Verbrechen gestanden habe, ist unser Gespräch mühsam geworden und droht im Formellen zu ersticken. Darin sehe ich eine gewisse Gefahr. Ich schreibe diese Zeilen nicht unter dem Druck meines Gewissens, sondern von einem merkwürdigen Zwang getrieben: Dem Wunsch, mich zu entdecken.

Reisebericht

Am 14. November 1983 packte Alois Jenner zwei Koffer mit Wäsche und eine Pistole seines Vaters in einen Wagen, den er mit dem Erlös aus dem Verkauf des Sägewerkes erstanden hatte, und fuhr – ohne einen Blick auf die Entmündigten, die vom neuen Besitzer übernommen worden waren, oder seinen Onkel und seine Tante zu werfen – nach Graz, wo er seinen Jugendfreund Franz Lindner, der sich seit geraumer Zeit in der Anstalt Feldhof aufhielt, einlud, ihn in die Hauptstadt zu begleiten, in der er sein Jusstudium fortzusetzen und abzuschließen beabsichtigte. Dem Wunsch Lindners entsprechend begaben sie sich jedoch zuerst in die Obersteiermark. Sie fanden die Landschaft von Schnee und Eis bedeckt vor, weshalb ihnen abgeraten wurde, die Besteigung des Dachsteins zu wagen. Trotzdem ließen sie sich nicht von ihrem Vorhaben abhalten und konnten einen Bergführer finden, der bereit war, sie auf den Gipfel zu bringen. In weiter Entfernung erkannten sie die weiße Bergspitze vor sich, als sie aufbrachen. Am Abend zuvor hatte Lindner seinen Freund beobachtet, wie er Annäherungsversuche bei einer Kellnerin gemacht hatte. Aus Angst, Jenner könne das Verbrechen vom Wehr wiederholen, war er wach geblieben und hatte gelauscht, bis ihn der Schlaf übermannt hatte. (Er war sich allerdings sicher, aus dem Nebenzimmer ein Stöhnen vernommen zu haben.) Tatsächlich war es Jenner gelungen, die Kellnerin zu überreden, die Nacht mit ihm zu verbringen, aber auch er hatte befürchtet, wieder von jener kalten Neugier-

de überrascht zu werden, die ihn dazu getrieben hatte, das Sterben eines Menschen mitanzusehen. Jenner gähnte und setzte die Sonnenbrille auf. Mit einem Mal kam ihm der Wunsch Lindners, vor der Fahrt zur Hauptstadt den höchsten Berg des Landes zu besteigen, verrückt vor. Gleichzeitig aber wußte er, daß es für ihn am sichersten war, den (ehemaligen) Freund in seiner Nähe zu wissen. Vielleicht bot ihm die Tour zum Gipfel mit ihren Gletscherspalten, Schneebrettern, Abgründen und Schründen sogar Gelegenheit, seinen Mitwisser loszuwerden? Es herrschte tiefe Stille. Ab und zu nur hörten sie das helle »Kja« und das gedehnte schnärrende »Kjerr« der Dohlen, und Lindner glaubte zu verstehen, daß sie ihn warnten, der Berg brenne. Einmal glaubte er den Bergführer in knisternde Flammen gehüllt zu sehen, im nächsten Augenblick erkannte er, daß er sich getäuscht hatte. Mit Sicherheit war es eine Sonnenspiegelung gewesen, die ihm diesen Eindruck vermittelt hatte. Um die Stille zu durchbrechen, sagte er: »Dohlen können bis sieben zählen.«
Jenner nickte, und der Bergführer lachte. Wenn die Dohlen aus der Sonne kamen, schien es Lindner, als brannten sie. Er hatte keine Angst vor Vögeln, er bildete sich sogar ein, ihre Sprache zu verstehen, aber er fürchtete, sie könnten wirklich in Flammen stehen und Schmerzen leiden. Dann erinnerte er sich daran, daß er in einem Zustand der Hellsichtigkeit (er konnte manchmal einen Blick in die Zukunft werfen, die Fähigkeit kam aber wie ein Einfall, konnte nicht herbeigewünscht werden und verschwand wieder von selbst) eine visionäre Schau der Gipfelbestei-

gung gehabt hatte, bei der er vom Licht schließlich so geblendet worden war, daß er den Abstieg ins Tal nur mehr mit Mühe hatte schaffen können. (Das bereitete ihm Sorgen.) Sie waren allein auf dem glitzernden Berg, vor ihnen erstreckte sich ein weites Gletscherfeld, zu dem sie durch riesige Eistrümmer, die wie weiße Felsen vor ihnen lagen, gelangten. Die Wolken am Himmel schienen Lindner ebensolche Eismassen zu sein, nur drohten sie, ihn zu erschlagen. Jenner, der Lindner hinter seinem Rücken wußte, suchte die dunklen Risse von Gletscherspalten und fragte den Bergführer nach ihnen.

»Wir müssen vorsichtig sein«, antwortete dieser vieldeutig, ohne sich umzudrehen.

Zwischen den Eistrümmern, die nicht selten die Größe einer Hütte erreichten, stiegen sie höher.

»Franz ist verrückt«, dachte Jenner, »auch wenn er davon überzeugt ist, daß er nicht verrückt ist.«

Er war überrascht gewesen, daß Lindner in Gegenwart des Bergführers plötzlich gesprochen hatte.

Der Himmel verblaßte zusehends, gelbe Lichtstreifen bildeten sich auf dem grauweißen Hintergrund, einmal las Lindner eine von diesen Streifen gebildete Schrift: HIMMEL und war sich im selben Augenblick sicher, nicht bloß einen hohen Berg zu besteigen. Jenner gähnte und blieb im Schatten eines Eisblockes stehen, um zu rasten und nach einem Schlund im Eis auszuschauen, in den er Lindner stoßen könnte, aber er erblickte nur das weiße Trümmerfeld.

Als sie kurz darauf ihre Bergschuhe auf den Gletscher setzten, fiel Lindner tief unten am Grund des

Eises eine blauschimmernde Farbe auf, in der er Veilchen erkannte, die so zahlreich waren, daß sie ein Feld bildeten. Diese Vorstellung beruhigte ihn seltsam, er lachte sogar.
Sie waren nichts anderes als drei kleine Punkte im Gebirge. Jenner empfand keine Ungewißheit. Zwar schweifte sein Blick umher und verfing sich in der Schönheit der kristallähnlichen Natur, zwar hielt er nach Abgründen Ausschau, aber stärker noch verspürte er, daß er schwitzte und die Muskeln seiner Beine schmerzten. Insgeheim verfluchte er jetzt die Neugierde und Lust, die Lindner mit seinem Vorschlag, den Gipfel zu besteigen, in ihm hervorgerufen hatte.
»Sicher hält er sich für einen Auserwählten, einen Abenteurer«, dachte Jenner, »aber er ist verrückt.«
Sie kamen an eine von blauen Adern durchzogene Eiswand und hielten erschrocken an, nachdem der Bergführer die Hände hochgerissen und einen Laut ausgestoßen hatte. Unter dem Eis lag eine Gestalt mit ausgestreckten Gliedmaßen. Es war ein Mann mit weitaufgerissenen Augen, vermutlich ein abgestürzter Bergsteiger, der einen Pickel in der Rechten hielt. Lindner warf einen langen Blick auf ihn. (Der tote Bergsteiger erschien ihm wie die Bestätigung seiner Unruhe, die ihn seit dem Aufbruch befallen hatte.) Ein Gefühl der Erleichterung überkam ihn. Er streifte seinen Rucksack ab, öffnete ihn und nahm einen Schluck Zwetschkenschnaps.
Der Bergführer und Jenner stellten sich vor dem Verunglückten auf. Dieser war – das konnte man durch das Eis erkennen – groß, hatte dunkles Haar, einen

Bart und lag auf der Seite, nur der Kopf war nach rückwärts gefallen.
»Es ist der Deutsche«, sagte der Bergführer. »Wir haben eine Woche nach ihm gesucht, aber dann kamen die Schneestürme.«
»Was machen wir jetzt?« fragte Jenner aufgebracht. Er war für Augenblicke überzeugt, der Abgestürzte bedeutete auch, daß seine eigene Entdeckung unvermeidlich war.
»Wir werden ihn nicht zu Tal bringen«, antwortete der Bergführer.
»Am besten, wir melden den Vorfall bei unserer Rückkehr.« Nach einer Pause fügte er hinzu: »Wir können nichts mehr tun.«
Er schaute auf die Uhr und schrieb etwas in ein Notizbuch, dann rief er, ohne sich umzudrehen: »Weiter.«
Lindner hatte die Flasche in den Rucksack zurückgesteckt. Er vermied jetzt den Anblick des Verunglückten. Die Welt kam ihm, er wußte nicht warum, schön vor. Er war richtig froh, als er den Rucksack über die Schulter streifte und hinter dem Bergführer herstieg. Er sah nun den Gletscher und das Schneefeld zwischen dem Felsmassiv vor ihnen und empfand ein Gefühl der Dazugehörigkeit zur Größe und Unberührtheit des Gebirges. Jetzt konnte geschehen, was wollte, hier würde es seine Richtigkeit haben. Die Abgründe hinter den Kuppen und die abschüssigen, verschneiten Halden schreckten ihn nicht mehr, zogen ihn aber auch nicht an. Sie waren Verlockungen des Glücks. Was dahinterlag, war friedliche Schönheit, wie auch das vor ihnen Liegende. Und

alles, was er nicht sah und ihm nicht widerfahren würde, waren Geheimnisse ohne Schrecken. Insofern hatte er den Eindruck, daß ihm die Welt offen stünde und daß sie gut sei. Ja, er lebte in einer guten, durchschaubaren Welt, seine Beine sagten ihm das, wenn sie die Bewegungen ausführten und ihm das Gefühl vermittelten, auf Eis zu gehen, und seine Augen, die Schnee und Steine und die fremde Gestalt und die Musterung des Bodens, auf dem er schritt, wahrnahmen. Es kam ihm gut vor, Durst zu haben und zu atmen, und es war ihm, als eroberte er gewissermaßen mit der Hitze seines arbeitenden Körpers die Einsamkeit um sich, als sei es nur eine Sache der Anstrengung und des Willens, sich zu befreien und die schöne Welt zu betreten. Er haßte seine Vergangenheit nicht mehr. Sie lag hinter ihm, und auf eine ihm selbst nicht ganz klare Weise war er stolz auf sie.

Ein Eisstück holperte klirrend und immer höher springend an ihnen vorbei, und es folgte ein Rieseln von kleineren Splittern, das von höchsten fließenden Tönen begleitet war. Lindners Glücksgefühl wurde dadurch nur noch mehr gesteigert.

Jenner schritt nachdenklich hinterher. Je länger er Lindner anschaute, desto stärker wurde sein Verdacht, daß er ihm unterlegen sei. Er war überzeugt davon, Lindner bloßstellen und demütigen zu können (und für einen Augenblick empfand er ein Bedürfnis danach), aber er spürte, daß er etwas an ihm nicht begriff (etwas, das mehr war als bloße Verrücktheit).

Am späten Vormittag erreichten sie den Gipfel.

Unter ihnen lagen Zinnen, Wände, Spitzen, erstarrte Eisströme und verschneite Mulden, Nebelschleier und Wolkengebilde.
Lindner aber sah plötzlich zwischen schneebedeckten Felsen einen blinkenden Goldsee aus Licht. Die Oberfläche kräuselte sich, und eine Blume wuchs heraus, deren Ausmaße die höchsten Erhebungen übertraf. Sie wuchs rasch und ging in die Farbe der Luft über, bis der Himmel zu einer riesigen blauen Kuppel geworden war. Zugleich aber strömten Milliarden von durchsichtigen Fischen aus dem Goldsee in das All und bildeten dort Sternenbilder, die wie Feuerwerkskörper verlöschten, kaum daß sie Gestalt angenommen hatten.
Der Bergführer begann die Namen der umliegenden Gipfel aufzuzählen, und Jenner riß sich aus seinen Gedanken. Er hatte damit gespielt, Lindner einen Stoß zu versetzen, indem er vorgab, das Gleichgewicht zu verlieren. Er verwarf diese Überlegung und bat Lindner um einen Schluck Zwetschkenschnaps. Hierauf überließ er sich der plötzlichen Heiterkeit, die in ihm aufstieg. Es war herrlich, den kalten Wind durch das Gewebe der Kleidung zu verspüren und sich einer flüchtigen Müdigkeit hinzugeben. Lindner aber sah weit in der Ferne die Hauptstadt. Ganz deutlich war sie am Horizont zu erkennen, in goldenes Licht getaucht.
»Man kann die Stadt erkennen«, rief gleichzeitig der Bergführer mit Erstaunen, »denken Sie, die Hauptstadt.«
Sie stiegen rasch ab und erreichten in der Dämmerung das Dorf. Das kurze Stück bis zur Bergrettung

legten sie bereits in der Dunkelheit zurück. Nachdem sie den Vorfall gemeldet hatten, bat man sie, ein oder zwei Tage (bis die Bergung erfolgt sei) zu warten. Jenner war wenig angetan davon, doch verbrachte er die Nacht mit der Kellnerin. Am nächsten Tag wartete er im Liegestuhl auf dem Balkon die Rückkehr der Bergwacht ab. Zu Mittag erschienen die Männer und führten den in braune Decken gehüllten Leichnam mit sich. Sie machten Rast und legten den Toten in einen Schuppen. Jenner und Lindner erfuhren, daß es sich um einen vierzigjährigen Mann handelte, der seit zwei Jahren vermißt gewesen war. Es existierte ein Abschiedsbrief, aus dem hervorging, daß er sich das Leben genommen hatte. »Bis heute weiß niemand«, sagte einer der Männer, »warum er sich umgebracht hat.«
Am nächsten Morgen, als Jenner und Lindner abreisten, schneite es.

Die Stadt (1)

Jenner kümmerte sich in der Stadt um das Nötige, als er aber anfing, Vorlesungen zu besuchen, verließ Lindner nicht mehr das Bett. (Er starrte auf die Zimmerdecke oder schlief.) Jenner nahm die Pistole an sich. Er machte einen langen Spaziergang, ließ sich von einem Taxi in die Kriau bringen und sah den Trabern beim Training zu. Die Bahn war tief, und die Räder der Sulkies gaben kleine Schmutzfontänen von sich. Es herrschte ein schläfriges Treiben. Aus den Nüstern der Pferde stiegen Dampfwolken, der Rennplatz war erfüllt vom Klatschen der Hufe in den Pfützen. Jenner stand unter der überdachten Tribüne, sein Blick fiel abwechselnd auf die Betonstufen mit zertretenen Pappbechern, altem Laub und weggeworfenen Wettscheinen und die Fahrer mit ihren Schmutzbrillen und den bunten Dressen. Er ging die Praterallee hinaus, nahm eine Straßenbahn, fuhr aber nur zwei Stationen. In einem Gasthaus trank er Bier und dachte über Lindner nach. Das beste würde sein, ihn in die Anstalt zurückzuschicken. Auf der Straße kam ihm ein Pensionist mit Spazierstock entgegen. Jenner hätte ihn nicht beachtet, wenn der Alte nicht plötzlich vor ihm stehengeblieben wäre, um eine Kritzelei an der Hauswand anzuschauen. (Mit Kreide war ein Kater auf die Mauer gemalt, dessen riesiges Geschlechtsteil ein Gesicht hatte.) Einen Schritt weiter hielt der Mann abermals an, nahm eine Münze heraus und betrat eine Telefonzelle. Er hatte Mühe, das Gleichgewicht zu halten. Verwirrt suchte er im Telefonbuch, blätterte umständlich und

stieg dann wieder auf die Straße zurück, ohne gesprochen zu haben. Jenner hielt Abstand und folgte ihm. Es war ein mittelgroßer Mann in einem grauen Mantel mit einem Pelzkragen und einem gelben Schal. Schuhe und Spazierstock waren schwarz wie sein Hut. Er betrat einen Supermarkt. Jenner folgte ihm noch immer. Das Licht war grellweiß. Niemand beachtete den anderen, nur hin und wieder standen sich Kunden mit Einkaufswagen im Weg. Es roch nach Waschpulver und Seife, und Jenner kaufte hastig eine Zeitung, um dann vor dem Lebensmittelgeschäft zu warten. Der Alte erschien kurze Zeit später schwitzend und schimpfend, in der einen Hand das Einkaufsnetz, in der anderen den Spazierstock. Ein Windstoß riß ihm beinahe den Hut vom Kopf. Er bog in eine schmale, menschenleere Gasse, überquerte die Fahrbahn, und im selben Augenblick, als Jenner die (imaginäre) Verfolgung aufgeben wollte, stürzte der Alte über die Gehsteigkante. Jenner wartete. Der Mann lag stöhnend auf dem Boden, Zitronen waren aus dem Einkaufsnetz gekollert, der Hut auf die Fahrbahn gerollt. Langsam kam Jenner näher. Er hob den Hut auf (und das Einkaufsnetz) und schleppte den Alten in einen Hausflur, auf den der Verletzte zeigte. Es war ein dunkles Haus, mit einer schweren Eingangstür aus Eisen und Glas und einem Liftschacht ohne Aufzug. Jenner legte seinen Arm um die Schulter des Mannes und riet ihm, sich auf den Spazierstock zu stützen. Sie gelangten in den Mezzanin, ohne jemandem zu begegnen.
»Hier ist es«, stöhnte der Mann. Auf das Läuten öffnete eine Frau in einer weißen Schürze. Ihr Haar war

grau und mit Kämmen aufgesteckt. »Es ist der Fuß«, stieß der Alte hervor.
Die Frau machte ein erschrockenes Gesicht und half mit, den Mann in die Wohnung zu schaffen. Der Hut saß schief auf seinem Kopf. Jenner bemerkte erst jetzt, daß er eine Glatze hatte. Der Mann stöhnte laut, und sie legten ihn auf das Bett. Während die Frau ihm Schuhe und Socken auszog, erblickte Jenner die halbgeöffnete Badezimmertür. Er machte Licht und hielt ein Handtuch unter kaltes Wasser, dabei fiel ihm ein geöffnetes Rasiermesser unter dem Spiegel auf. Erschrocken eilte er mit dem Handtuch zurück und half den geschwollenen Knöchel einzuwickeln. (Es war ein kleiner, weißer Fuß mit verbogenen Zehen.) Jenner setzte sich in einen Stuhl, während die Frau in einem mitleidigen Kinderton auf ihren Mann einredete und ihn entkleidete.
»Bleiben Sie doch«, sagte sie zwischendurch zu Jenner. Draußen fuhr die Straßenbahn vorbei, das Quietschen und Gerumpel waren deutlich zu hören. Jenner blieb bei dem stöhnenden Mann, die Frau kam mit einer Schüssel kalten Wassers und hieß ihren Mann sich aufzusetzen und ein Bein aus dem Bett zu hängen. Hierauf ging sie in die Küche, wo Jenner sie Kaffee mahlen hörte.
»Wir müssen den Doktor verständigen«, rief sie von draußen.
Der Mann wurde jetzt gesprächig. Er wollte wissen, wer Jenner sei und was er mache. Jenner fühlte Unwillen aufsteigen. Das Rasiermesser fiel ihm ein. Außerdem kam ihm der Gedanke, daß die beiden Alten in seiner Macht waren. Der Einfall war so stark, daß

er ihm willenlos ausgeliefert war. Er stand auf, nahm ein Kissen, preßte es gegen die Stirn des Mannes und schoß mit seiner Pistole. Augenblicklich stürzte der Alte nach hinten, in seiner Stirn ein kleines schwarzes Loch. Das Kissen war zerplatzt und Hühnerfedern schwebten zu Boden.
»Was ist?« schrie die Frau in der Küche.
Jenner sah wieder das Rasiermesser vor sich und ging ruhig durch den Flur.
»Nichts«, antwortete er. Als er in die Küche trat, fuhr die Straßenbahn vorbei. Ohne zu zögern erschoß Jenner die Frau, die auf einem Sessel saß, die Kaffeemühle zwischen den Beinen. Sie plumpste lautlos vorneüber auf den Linoleumboden. Jenner wartete. Er berührte die Frau nicht. Sie stieß noch einige Atemzüge aus, dann verstummte sie. Jenner ging zurück in das Zimmer. Die Füße des Mannes steckten noch immer in der Waschschüssel, das zerwühlte Bett war voll Blut. Jenner war völlig ruhig. Eine Last war von ihm genommen. Eine Weile saß er da. Er hatte keine Angst vor Fingerabdrücken oder Nachbarn. Nichts rührte sich. In der Küche schaute er später den großen Blutfleck an, der bis unter den Tisch lief. Er öffnete die Speistür, fand ein Putzmittel, schüttete es im Zimmer über dem Bett aus und zündete es an. Stichflammen schossen empor. In der Küche steckte er das Tischtuch in Brand. Die Flammen schlugen bis zur Decke, griffen auf den Lampenschirm über, im Zimmer brannte der Teppich. Rasch verließ er die Wohnung. Auf dem Gang begegnete er einem Hund, der sich ihm stumm in den Weg stellte. Das Tier wich ihm nicht aus, beschnupperte seine

Schuhe und Hosenstulpen, dann bellte es. Jenner überlegte, es zu erschießen, hielt es aber für besser weiterzugehen. Die Straße war noch immer leer. Er durchquerte einen kleinen Park und ging und ging. Es war dunkel geworden. Er sprang in einen haltenden Bus, draußen drehte sich alles, als blickte er in ein Kaleidoskop, in dem Fahrzeuge, Leuchtreklamen und Menschen durcheinandergeschüttelt wurden. Er empfand sich wie in einem erträumten Schauspiel, er war sich nicht sicher, ob er jemand anderer war. Der Bus hielt vor einem Frisiersalon, und Jenner stieg aus und ließ sich die Haare schneiden. Ein Radio spielte Tanzmusik, es waren nur zwei Kunden im Geschäft, die auf Stühlen saßen, mit weißen Tüchern um den Hals, und Zeitung lasen. Jenner legte die Brille weg. Er sah nichts mehr, aber das Geschehnis lief vor seinem inneren Auge ab. Er konnte nicht begreifen, daß nicht jedermann von seiner Tat wußte. Man fragte nach seinen Wünschen und bemühte sich, ihn zufriedenzustellen, als wäre nichts geschehen. Als er die Brille aufsetzte, sah er sich in mehreren Spiegeln gleichzeitig. Sein Kopf schien ihm kleiner geworden zu sein. Einige Häuser weiter kaufte er sich einen Anzug, Wäsche und Schuhe und warf das Paket mit seinen alten Kleidern, das man ihm an der Kassa aushändigte, in eine Müllkippe. Die Geschäfte schlossen. An manchen wurden Eisenrollos hinuntergelassen – zuerst erschrak er bei diesem Geräusch. Vor einem Restaurant las er die Speisekarte, aber er fürchtete sich, es zu betreten, erst in einem Dampfbad ließ seine Furcht nach. Nur schemenhaft erblickte er Menschen. Ein fetter nackter Mann mit einem Handtuch um die Schulter glotzte ihn keuchend an. Zwei sprachen über ihren Chef.

Es trieb ihn, er wußte nicht warum, unter Menschen. Nun war es vollständig dunkel. Er kaufte sich eine Kinokarte und starrte auf die Leinwand. Er verstand nicht, worum es ging. Nach der Vorstellung streifte er ziellos umher. Langsam verschwanden die Menschen von der Straße. Jemand sprach ihn an. Er sah eine geschminkte Frau in einem Pelzmantel.

»Komm mit.« Das Hotel war klein und muffig, geblümte Tapeten, eine Holzstiege. »Ich will dein Gesicht nicht sehen«, fuhr Jenner sie an, bevor er sich entkleidete.

Franz Lindner: Portrait Alois Jenners als Zauberer

Er trägt ein blaues Sakko mit Schlips, das Haar ist schütter. Sein Gesichtsausdruck ist mit dem Schrei eines Vogels verbunden, den er unter einem Hut versteckt. Er ist der Doktor mit der dicken Brille und der Rastlosigkeit des Traumlosen. Sobald er über die Straße läuft, weicht ihm der Trauerzug erschrocken aus und die Wolken verschwinden am Himmel. Er eilt über die Brücke. Im schwarzen Wasser treiben Eisschollen, darunter verstecken sich die Fischlein. Sie sind Blutströpfchen des roten Engels, der alles sieht. Die Gebäude springen schmerzhaft in die Augen. Alois Jenner wartet in seinem Zimmer. Sein Vater stürzte vom Dach. Als seine Knochen wieder numeriert waren, lernte Alois zählen. Er zählte bis 1675483776253449870036564772115632 24. Am Tag als es Froschlaich regnete, hörte er auf. Er schlich durch die Herbstwälder. Wo war der verlorene Vater? Das letzte Mal hatte er ihn gesehen, wie dieser auf einen Baum geklettert war, er war jedoch aus der Krone nicht mehr zurückgekehrt. Möglicherweise hatte man ihn mit einem Kuckucksei verwechselt. Die Mutter brannte beim Maskenball mit einem Feuerwehrmann durch, ihre Spuren waren die verkohlten Häuser der Umgebung. Jenner lernte zu verschwinden. Einmal sah er in der Löwenzahnwiese den Traum eines Soldaten. Am nächsten Tag verwechselte man den Soldaten mit dem Fahrrad und fuhr auf ihm in die Stadt. (Er mochte Einwände erheben, wie er wollte.) Eine andere Fähigkeit, die

Jenner sich aneignete, war die, sich auf Wunsch verdoppeln zu können. Manchmal ging er neben sich auf der Straße. Furchterregender aber war es, wenn er an zwei verschiedenen Orten gleichzeitig auftauchte. Niemand hat ihn je mit Erfolg beschuldigt. So wurde er älter. Er sprach mit einer Katze, die tot war. Einmal fuhr er zu einem Fischteich, unter dessen Oberfläche er sein Schicksal sah. Er hielt es jedoch für das eines anderen.

Franz Lindner: Am hellichten Tag

Ich lief in die Stadt, wo man mir ein Bein amputierte. Dieses Bein trage ich seither mit mir: Bald ist es ein Gestirn, bald eine Sonnenuhr, bald eine Axt. In der Stadt lernte ich das Pferd kennen. Es stand vor einer Auslage und hörte auf den Orchesterklang seiner Gedärme. Es war eine Musikalienhandlung. Die Posaune in der Auslage erzählte unanständige Witze, die Baßgeige schlief, die Trompete weinte. Als das Pferd mich sah, schlug es aus unerfindlichen Gründen mit den Hinterläufen aus und traf meinen Kopf. Der Kopf rollte davon und fluchte. Der Leib – nicht faul – versetzte dem Pferd eine Ohrfeige. »Nimm' dies!« rief ich von weitem. Da schlug das Pferd noch einmal aus, und mein Bein flog auf Nimmerwiedersehen auf einen vorbeifahrenden Lastwagen. Das Pferd schlug weiter nach meinem Körper aus und biß mir eine Hand, dann einen Arm ab. Ich haute mit dem Armstummel auf das Tier ein, es half nichts. Ich setzte mich in ein Café und bestellte ein Glas Wein. Inzwischen klaubte man meinen zerschlagenen Körper vom Asphalt und verlud die Überreste in einen städtischen Reinigungswagen.

»Ich bitte um Entschuldigung, Herr...«, sagte der Kellner, »ohne Füße dürfen Sie das Café nicht betreten... Wenn Sie so freundlich sind –« Er öffnete unmißverständlich die Tür. Besser ein zerstückelter Körper als gar keiner, dachte ich und lief auf die Straße, um meine Gliedmaßen zurückzuholen, aber man glaubte mir nicht. Erst als mein verbliebener Arm winkte, ließ man von ihnen ab. Erschöpft lehnte ich mich an einen Kastanienbaum. (Es wurde Nacht.) Die Sterne funkelten. Mühsam schleppte ich mich nach Hause. Eine unwillige Stimme befahl mir einzutreten. Im nächsten Augenblick befand ich mich in einem roten Zimmer, in dem das Pferd wartete. Ohne zu zögern, verfolgte es mich durch die Wohnung. Es kümmerte sich nicht darum, daß es Möbelstücke und Gegenstände zertrampelte, schließlich wußte ich mir keinen anderen Rat, als ihm meinen Körper vor die Hufe zu werfen. Mein Kopf gelangte ungesehen in die Wohnung der Hausmeisterin, die ihn für eine Wasser-Melone hielt und zerschnitt. Ich hatte Angst, sie könnte ihn verspeisen, bevor mein Körper sich zeigte, da erschien ihr Mann mit meinem Körper über dem Arm und hängte ihn über einen Kleiderbügel. »Der betrunkene Student hat schon wieder seine Jacke verloren«, sagte er. Zu zweit verspeisten sie sodann meinen Kopf.

Die Stadt (2)

Endlich fand Lindner die Kraft, das Haus zu verlassen. Die Krähen im Park schwiegen, die Wolken am Himmel schienen aus einer tiefen Schlucht aufzusteigen. Die Geräusche der Autos und Busse machten ihn auf angenehme Weise benommen. Hinter den Auslagenscheiben saßen Menschen, er sah ihnen eine Weile zu, wie sie da hockten und arbeiteten. Sie beachteten ihn nicht. Er folgte den Geleisen der Straßenbahn. Manchmal fuhr eine rote vorbei, darin saßen Artisten, die in die Stadt ausströmten, gelangweilt oder starr vor Anspannung. In die Gegenrichtung die erschöpften Seiltänzer, Dompteure und Jongleure. Er dachte, sie fuhren zu einer Gärtnerei in die Vorstadt. Ein aufgelassenes Hotel. In der weißverfliesten Küche saß der Nachtportier und spielte auf dem Piano Lieder von Hugo Wolf. Im Prater fingen die Krähen zu sprechen an.
Lindner ging durch die lange von Kastanienbäumen umsäumte Allee. Spaziergänger, Hunde, Jugendliche und alte Paare begegneten ihm. Er wußte nicht zu sagen, ob sie nur im Federkleid der Krähen erschienen oder ob es sie wirklich gab. Auf der linken Seite wechselten Cafés, Restaurants und Tennisplätze in größeren Abständen. Die Buden im Vergnügungspark waren zum Großteil geschlossen. Dahin also fahren die roten Straßenbahnen mit den Zirkusartisten, dachte er. Nur ein Omnivisionskino hatte offen. Lange zögerte er. Dann löste er eine Karte. Durch den Eingang des großen Zeltes flog er zum Nordpol. Er stand in der Schneewüste, der Himmel

weiß. Ein paar Menschen tröpfelten in das Zelt und waren gefangen wie er. Es wurde dunkel. Auf der Schnee-Ebene erschien eine Landschaft, über die er flog. Er raste mit der Achterbahn durch ein Gebirge, dann mit dem Feuerwehrauto eine steile Straße hinunter. Die Zuschauer schrien auf, einer stürzte zu Boden. Zwar ließ Lindner der Schwindel in seinem Kopf taumeln, doch gefiel es ihm. Er lachte laut und senkte seinen Blick auf seine Schuhe, um nicht auch das Gleichgewicht zu verlieren. Im Freien fand er in den Taschen seiner Kleider ein Dutzend Mäuse. Hastig stülpte er die Säcke um, die Mäuse sprangen heraus und begannen durcheinander zu reden. »Ruhe!« schrie Lindner, »Ruhe!« – Die Fußgänger hielten an und drehten sich nach ihm um. Lindner sah nur die Mäuse. Er stand unter einem riesigen Clownschädel, daneben war die Geisterbahn. Er hatte Hunger. Auf einem eingesäumten Rasenstück parkte ein alter, ausrangierter Autobus mit Vorhängen. Darin muß der Wahrsager wohnen, dachte Lindner. Er klopfte an. Eine müde Frau erschien, Lockenwickler im Haar. Sie sah ihn mißtrauisch an, dann sagte sie, hier gäbe es keinen Wahrsager.

Lindner war überzeugt, daß das nicht stimmte. Er zuckte mit den Schultern und blieb stehen. Die Frau schloß die Tür, und er ging zwischen einem leeren Autodrom, der Achterbahn und einem Ringelspiel, dessen Figuren verpackt waren, fort. Vor einer kleinen, gelben Bude hielt er schließlich an. Hinter der Kassa saß eine alte Frau mit Hut und Handschuhen, denen die Finger abgeschnitten waren. Gleich darauf befand er sich in einem Kabinett. Der Boden in den Spiegeln war gekrümmt. Einmal waren seine Füße riesengroß, dann nahm sein Körper ein viereckiges Aussehen an, dann wiederum erdrückte sein riesiger Schädel einen Zwergenkörper. Zuletzt wurde er immer dünner und dünner, bis er in der Mitte abriß. »Ja, das bin ich!« hörte er sich rufen. Jetzt fand er wieder den Mut, zum Autobus zu gehen, und nach dem Wahrsager zu fragen. Abermals rief die Frau mit den Lockenwicklern: »Hauen Sie ab! Verschwinden Sie« und warf die Tür ins Schloß. Er fand ein kleines Kaffeehaus, wo er alleine saß. »Das Pferd fraß die Sterne«, schrieb er an einen Zeitungsrand, »und furzte ein chinesisches Feuerwerk. Das Gras schoß in die Höhe, es verschluckte die Spaziergänger im Park mitsamt ihren Lebensläufen. Auch die Betrunkenen in den Pissoirs wurden vergessen.« Eine Weile schrieb er vor sich hin, schmierte die Zeitungsränder voll. Als er ins Freie trat, dachte er: Das Leben. Er ging die hellerleuchteten Straßen hinauf. Das Gehen machte ihn ruhiger, er wurde von grundlosen Glückswellen überschwemmt. Wie schön ein beleuchtetes Caféhaus und der rege Betrieb, der darin herrschte, waren! Eines Tages würde auch er in einem Kaffeehaus sitzen und mit Freunden sprechen.

Tagebuchaufzeichnungen von Alois Jenner

Die Universität ist ein alter, schwerfälliger Bau mit Steinböden und hohen Fenstern, in dem man den Eindruck nicht los wird, in einer Durchgangsstation zu sein, nur gibt es kein Ziel. In den Pausen zwischen den Vorlesungen gehe ich in den mit Parolen beschmierten Gängen auf und ab, ich lese, wenn es nicht sein muß, keine Namenslisten, Prüfungstermine, Stellenangebote, keinen dieser Zettel an den Türen und in den Ankündigungskästen. Die Universität macht einen verwahrlosten, niederschmetternden Eindruck wie ein unsauberer Tierkäfig. Im Innenhof unter den Arkaden Bronze- und Marmorbüsten verstorbener Gelehrter. (Dilettantische Unternehmungen aus dem Wunsch, die Ewigkeit einzuholen.)

Gestern machte ich die Bekanntschaft von Eva, die wie ich Jus studiert. In der Betriebsamkeit zwischen den Vorlesungen wußten wir nicht recht, worüber wir sprechen sollten. Wir redeten an den Dingen vorbei. Ich fragte sie, ob sie mich nach Hause begleite. Sie sagte ohne Zögern ja, wahrscheinlich ist sie allein. Sie ist groß, blond, anziehend. Später erfuhr ich, daß sie aus Klagenfurt stammt, ihre Eltern unterrichten an einem Gymnasium. Ein Gespräch mit Lindner heiterte sie auf. Auf einmal lachte sie und gab kleine Geheimnisse preis. Er erzählte erfundene Geschichten, von denen man nicht wußte, ob er sie ernst meinte. Ich war den ganzen Tag über bester Laune. Es ist merkwürdig, aber ich vergesse unangenehme Erlebnisse leicht. Ich bin dann überzeugt, nur durch einen merkwürdigen Zufall davon Kenntnis zu haben. Es besteht kein Zweifel, daß man eine Zeitlang in ein anderes Leben versetzt werden kann, mit dem man nichts zu tun hat.

Ich habe mich in der Josefsstadt eingemietet. Die Wohnung gehört einem Geschwisterpaar. Der Bruder, ein pensionierter Philharmoniker, ist fast vollständig taub. Jedermann im Haus weiß, daß er Partituren von Beethoven-, Bruckner- und Mahler-Sinfonien liest, und die Werke dabei laut schreiend mitsingt, »daß man ihn bis zum Naschmarkt hört« (wie seine Frau sagt). Die jüngere Schwester, Witwe, war früher Beamtin im Innenministerium. Sie ist, seit sie bei einer Höhlenexpedition, an der sie aus Liebe zu ihrem Mann, einem in Fachkreisen bekannten Höhlenforscher, teilgenommen hatte, verschüttet und drei Tage eingeschlossen gewesen war, nicht mehr recht bei Verstand.

Am Sonntag an der Alten Donau. Die meisten Häuser der Ruderklubs haben geschlossen, in den kleinen Vorgärten wird Laub verbrannt. Eva und Franz gehen im Nebel voraus, die Möwen kreischen. Nach einer Weile begegne ich Ruderern mit Wollmützen auf dem Kopf. Sie tragen orangefarbene Trainingsanzüge und heben einen Achter aus dem Wasser. Ich schaue zu, wie sie den Achter im Clubhaus unter kleinen Booten, die bis zur Decke gestapelt sind, abstellen. Die Ruderblätter werden in eine betonierte Grube gehängt. (Beim Zuschauen fühle ich die Pistole in der Jackentasche.) Ich spreche später einen der Ruderer an. Ja, die Boote seien sehr empfindlich, stimmt er mir zu. Im Sommer würden Badende angefahren und verletzt, und die Boote gingen dabei sogar leck. Am häufigsten stürzten die Boote durch einen Fehler des Ruderers im Wasser um, und auch das würde immer zu Beschädigungen führen. Ich erzähle ihm, daß ich zwei Jahre gerudert habe, daraufhin zeigt er mir die Kraftkammer und den Versammlungsraum des Clubhauses. Zuletzt lädt er mich in die Kantine ein, und wir beschließen, daß ich morgen einen Versuch unternehme, wieder mit dem Rudern anzufangen.

Wenn ich an die Gespräche denke, die ich mit Franz in der Anstalt geführt habe, bin ich davon überzeugt, daß seelische Krankheiten nur Abarten der Eifersucht sind. Man muß gar nicht erst verstehen, um leiden zu können, es genügt der falsche Eindruck. Oft verschärft die Erkenntnis den Leidensprozeß nur noch, darum wünscht man auch, nichts zu wissen. Sind die schlimmsten Befürchtungen eingetroffen, wird man zum Opfer der eigenen Phantasie.
Ich entdecke an mir die Fähigkeit, Wirklichkeit zu schaffen. Mit dem Wissen darüber quält mich meine Phantasie zum gegebenen Zeitpunkt.

Ich lasse mir mit Franz Zeit. Die Gelegenheit kommt von selbst.

In Begleitung des Bootswartes auf dem Kanal. Was geht in den Häusern am Ufer vor? Schlafen Menschen miteinander, träumt ein Kranker? Wird in einem der Schrebergärten ein Kind geschändet? Der Fluß zieht ruhig dahin. Der letzte Sonnenschein verfängt sich in der Böschung und liegt auf dem menschenleeren Uferweg.

Als ich erwache, habe ich Angst, das Gefühl der »Neugierde« könne wieder von mir Besitz ergreifen. Franz schläft noch. Rasch kleide ich mich an. Zu Mittag hörc ich Franz und Eva im Zimmer lachen, die Tür ist verschlossen. Bevor ich auf die Universität gehe, macht Franz sie einen Spalt weit auf. Er ist nackt. »Du bist es!« ruft er und schließt die Tür.

Die Autobiographie von Franz Lindner

Kindheit

Mein Leben dauerte zwei Jahre, genaugenommen vom 15. April 1957 bis zum 23. Oktober 1959. Ich trug einen roten Mantel, als ich den ersten Vogel sah. Da ich keine Mühe hatte, ihn zu verstehen, glaubte ich, selbst ein Vogel zu sein, und flog auf das Dach. (Man hielt mich wegen meines roten Mantels für einen [entflohenen] Papagei und versuchte mich einzufangen.) Kurze Zeit darauf vergaß man mich, denn es wurden im Hof des Nachbarn Hühner geschlachtet. Ich sah die Schlachtung von oben, die Hühner gackerten, aber niemand beachtete sie. Es war allerdings kein Federvieh, sondern eine Schar Kinder aus dem Nachbardorf, die sich verlaufen hatte. In der Nacht stieg der Fluß über das Ufer und nahm mein Bett mit sich. Als ich am nächsten Morgen erwachte, blickte ich auf die halbierte Erdkugel, selbst schwebte ich in der Luft und bestaunte von weitem unter meiner warmen Decke, in meinem weichen Kissen die glühenden gelben und roten Erdschichten. Das Skelett einer Krähe umflog mein Bett, ich wurde durch die Klappergeräusche ihrer Flügel auf sie aufmerksam. In diesem Augenblick löste sich der Erdball in eine Wolke auf, die auf mein Bett zuflog und mich umhüllte. Ich wußte nicht mehr, wo ich war.

Jugend

In meinem siebenten Lebensmonat erschien ein Riese. Ich sah nur eine gewaltige weiße Hand, bevor ich in seiner Tasche verschwand. Abends hörte ich es in seinem Bauch gurgeln und rumoren. Nie bekam ich den Riesen zu Gesicht. Ich wurde durcheinandergewirbelt, wenn er mit mächtigen Schritten dahineilte. Warf er gar seine Jacke zur Seite, dann stürzte ich in endlose Abgründe. In dieser Zeit wuchsen meine Ohren, da ich mich ja auf mein Gehör verlassen mußte, wollte ich wissen, was geschah: bald konnte ich unterscheiden, ob der Riese aß, seine Notdurft verrichtete, schlief oder sich mit seiner Frau vereinigte. Im letzten Fall hing er mich mit der Jacke gewöhnlich über die Sessellehne. Eines Nachts, mitten im Gestöhne und Geseufze, wagte ich die Tasche zu verlassen. Das Geschlechtsteil des Riesen ragte unvorstellbar groß in die Luft, um gleich darauf im ungeheuerlichen Leib der Riesin zu verschwinden. Erschrocken stellte ich fest, daß ich nur ein Schweißtröpfchen war, das über die große Zehe des Riesen lief.

Eine Reise

Der Blitz schlug in meinen Kopf ein und jagte mich auf einer Straße aus elektrischem Licht hinauf zum Himmel. In einer Kugel aus Bläue kam ich zum Stillstand. Ich sah den Arm des Schöpfers, der die Kugel hielt, und seinen Bart. Mit größter Anstrengung gelang es mir, eines der Haare zu ergreifen, es stellte sich jedoch als Eiszapfen heraus, an dem ich mit einem

Aufschrei in die Tiefe glitt. Der Sturz führte mich in den Garten der Engel. Von dort aus konnte ich den Menschen zusehen, und zwar nicht, als ob ich das Gewimmel auf einem Ameisenhaufen betrachtete, sondern mit dem Wissen um die kleinsten Zusammenhänge. Ich besaß die Fähigkeit, die Menschen voneinander zu unterscheiden, ich wußte, was in ihnen vorging, und ich begriff, wie verloren sie waren. Ich weinte und bildete mit meinen Tränen ein goldenes Zimmer, in dem ich sanft auf die Welt zurückschwebte. Hatte ich noch im Abwärtsschweben die üppigen Pflanzenmuster der Tapeten bestaunt, so fand ich mich auf der Erde in einem Samenkorn wieder. Es wuchs sich zu einem gelben Windröschen aus.

Spielzeug

Mein Spielzeug war ein aufziehbarer Stieglitz aus Blech. Er hüpfte mit seinen steifen Beinen in mein Ohr und verschwand dort auf Nimmerwiedersehen. Sodann spielte ich mit einem zahmen Siebenschläfer, der mich mit seinen giftigen Zähnen biß und Fieberträume verursachte. Mein Kopf war geschoren, und ich verstand die russische Sprache. Diese Fähigkeit rettete ich aus meiner Krankheit in den Alltag hinüber. (Vor meinem Tode war mir außerdem Chinesisch geläufig.) Es stellte sich heraus, daß ich den Siebenschläfer nur erdacht hatte. In Wirklichkeit sah ich zeitlebens nie einen Bilch. Erst kürzlich erfuhr ich aus einer Abbildung im Lexikon, wie er aussieht. Seine lateinische Bezeichnung ist Glis glis, er erinnert etwas an ein kleines Eichhörnchen, doch ist das Fell braungrau bis grau, und sein fast körperlanger Schwanz, den er zum Balancieren verwendet, ist weniger buschig. Ferner besaß ich eine bemalte Trompete, »aus ihr springt der rote Hahn, der zündet alle Häuser an«.

Schul- und Lehrjahre

Bald begriff ich: Mein Gummiball ist nicht das Weltall. Um Physik zu studieren, mußte ich erst lesen und schreiben lernen. Nachdem man unsere Haare naß frisiert hatte, waren wir aufnahmebereit. An Sonntagen spielte im staubigen Gastgarten eine Handvoll Männer mit Hüten und schwarzen Anzügen Blasmusik: Ich behielt die schwermütigen, falschen Blechtöne mein Leben lang im Ohr. Die Hiebe des Lehrers brachten uns zur selben Zeit das Springen bei. (Aus dem Alten Testament hörten wir den Chor der Propheten Lieder aus dem Gedächtnis singen.) Ich verstand die Sprache der Schlittenkufen und der rostigen Nägel in der Wand. Eine »Gillette«-Rasierklinge war der Beweis, daß wir uns auf das Leben vorbereiten mußten. Nur das warme Geldstück in der Hand war ohne Gefahr. Die Eisenbahnschienen, die an unserer Schule vorüberführten, glänzten silbern, später drohten sie uns mit dem Blut des Maulwurfs, den wir von einer Lokomotive hatten rädern lassen.

Erste Liebe

Ich wünschte mir, verschluckt zu werden. Das geschah vor Vollendung meines ersten Lebensjahres. Auf dem Boden liegt eine gelbe Rassel. Die Kuh im

Bilderbuch betet das »Gegrüßet seist Du Maria«, bis zum Hals in der Wiese, die eine Wolke ist. Nach dem Bad sitzt Eva auf dem hölzernen Schaukelpferd, mit dem ich eine Woche später in der Weinlaube vom Tisch stürze und mir den Arm auskugele. Die grotesk baumelnde Gliedmaße enthüllt mir die Sterblichkeit.

Neuerliche Reise

Ich erfand mit sechzehn Monaten den Propeller. Meine Mitschüler verstanden die Erfindung nicht und gaben ihr Mißfallen kund, indem sie meinen Hut eindrückten, die Speichen meines Fahrrades verbogen und die Knöpfe von meiner Jacke rissen. Bei der nächsten Gelegenheit klammerte ich mich an den Schweif eines Kometen und entkam. Im nachhinein beschuldigte man mich der verschiedensten Verbrechen, die von mir aber nicht begangen worden sind. Am Schweif des Kometen hängend sah ich die österreichischen Alpen, nach denen mich seither eine lebenslange Sehnsucht erfüllt. (In jedem der Gipfel ist eine gewaltige Pflanze aus Stein eingeschlossen, welche man vom Himmel aus sehen kann. Aus diesen Steinpflanzen werden eines Tages Sterne, wie das von mir aufgestellte Gesetz der entropischen Kongruenz besagt.) Ich stürzte mit dem Kometen in der Nähe meines Geburtshauses ab und blieb verschollen.

Tod

Wie gesagt fand ich am 23. Oktober 1959 den Tod. Im Verlaufe eines Manövers wurde ich von einem

Soldaten erschossen. Er gab an, vor einer riesigen Dohle (!) erschreckt zu sein, die in einer Felsmulde gehockt und bei seinem Erscheinen auf ihn zugeflogen sei. Nachdem man den Soldaten mehrere Jahre in das Irrenhaus gesperrt hatte, erschien ein Vorgesetzter und gab ihm den Rat, sein Gesicht zu verlieren. Wie aber sollte der Soldat das anstellen? In der Anstalt befand sich ein hoher Wasserturm. Von diesem stürzte sich der Mann kopfüber, das war sein Ausweg. (Als ich die Kugel meine Brust durchbohren fühlte, glaubte ich zuerst einen Schlag erhalten zu haben. Am Blut, das mein Hemd färbte, erkannte ich, was geschehen war.)

Werdegang

Ich erlernte das Straßenbahnfahren und Zeitungslesen. Jeden Tag fuhr der Eismann auf einem mit seinen Füßen betriebenen Dreirad vorbei, mit dem Ausruf: »Gefrorenes!« Mein Goldfisch lebte nur einen Tag. Nachdem sich mein Onkel beim Sturz mit dem Motorrad das Becken gebrochen hatte, besuchte ich ihn im Krankenhaus, das mich hierauf bis in meine Träume verfolgte. Auch stürzte ich vom Zwetschkenbaum und geriet mit dem Finger in den Fleischwolf. Mit siebzehn Monaten verlernte ich infolge dieser Unfälle das Fliegen. Statt dessen aber konnte ich nun hellsehen.

Vision

Da erschien mir der heilige Nepomuk in Gestalt eines Maikäfers. Ohne zu zögern, fing ich ihn ein, sperrte ihn in eine Zündholzschachtel und warf sie von der Brücke aus in den Fluß. Lange schaute ich der auf den kleinen Wellen hüpfenden Zündholzschachtel nach. Plötzlich stieg ein Regenbogen aus dem Fluß, auf dem der heilige Nepomuk in den Himmel fuhr. Er hielt für einen Augenblick an und entblößte sein Herz. Es schlug so rot und machte: »I-A!«

»I-A!« gab ich zurück. Wieder wuchsen meine Ohren. Die Läppchen berührten schon meine Schultern. Ich hörte nicht auf, »I-A!« zu rufen, bis der heilige Nepomuk verschwand. An diesem Tag fand ich ein Taschenmesser, mit dem ich mir die Pulsadern öffnete.

Irrenhaus

In ein gelbes Schneckenhaus trieb man die Mörder und Diebe. Als sie an der Spitze angekommen waren, hieß man sie zurückgehen. Aber sie durften das Schneckenhaus nicht verlassen, sondern mußten wieder zur Spitze hinaufgehen und wieder zurück, so lange bis sie verrückt waren.

Geburt

Im Mutterleib hatte ich einen Schädel wie ein Kürbis. Ich war schön, nur mein Körper war klein, meine Finger und Zehen waren nicht größer als die Pfoten einer Maus. Für meine Mutter sang ich Lieder in der Kaulquappensprache. Ich erzählte ihr Geschichten und unterhielt sie mit Witzen und Gesichterschneiden. Eines Tages fing ich an, sie zu langweilen. Sie verstieß mich und brachte mich hierauf zur Welt, der ich gleichgültig war.

Werk

Der Humorist Franz Lindner verdient eine besondere Betrachtung. Wie die meisten Verrückten so verfügt auch dieser reizempfindliche Künstler über die ausgleichende Gabe des Humors, der sich im Leben, in Briefen und kritischen Schriften als schlagfertiger, oft scharfer und beißender Witz, als ironische Nuance, als herzhafte Heiterkeit, als unbedenkliche drastische Komik äußert.

Franz Lindner: Portrait Eva Ptak

Linke Hälfte

Es ereignete sich um 4 Uhr 32 Min. 17 Sekunden. Vom Pfarrhaus kam eine gelbe Schlange gekrochen mit einem Muster aus glitzernden Sternen auf dem Rücken. Es war die Milchstraße, aber niemand wußte es. Die Milchstraße versteckte sich in meinem Zimmer, tat sich auf meinem gepolsterten Stuhl gemütlich und kroch dann in mein Bett. »Liebe Milchstraße, weshalb versteckst du dich in meinem Bett?« fragte ich, »oder bist du der Spazierstock des Pfarrers, der sich verlaufen hat?«, denn seit langem, so wußte ich, vermißte der Geistliche diesen so nützlichen Gegenstand. Empört häutete sich die Milchstraße vor meinen Augen, bevor sie im Kasten verschwand. Vorsichtig hob ich die Schlangenhaut vom Boden auf, es war tatsächlich die Milchstraße. Sie bestand aus 100 Milliarden Sternen (darunter zahlreichen Sternhaufen), helleuchtenden und verdunkelnden Nebeln. Unsere Sonne war etwa 28000 Lichtjahre vom Zentrum der Milchstraße entfernt und bewegte sich mit rund 220 km in der Sekunde um das Zentrum. Erschrocken hielt ich inne. »Fürchte dich nicht«, ließ mich im selben Augenblick die Schlange aus dem Kasten wissen, »es wird der guten Erde nichts geschehen. Ich führe dich nur an der Nase herum.« Da wurde ich auch schon von einer unsichtbaren Hand an der Nase gepackt und herumgeführt. Zuerst auf die Straße, dann zur Donau, an den Schrebergärten vorbei, dann wieder zurück in die Innenstadt, wo mich die Schlange in Form eines Türgriffs ansprach: »Glaubst du mir jetzt?« fragte sie.

Rechte Hälfte

Sodann erstiegen wir einen Turm, von dem aus man die Geschehnisse von hinten nach vorne sehen konnte. Die Menschen stiegen aus ihren Gräbern, wurden jünger, stopften ihre Kinder in ihre Frauen zurück und krochen zuletzt selbst in ihre Mütter. Das alles geschah rasend schnell und war von einer solchen Kopflosigkeit, daß man nichts mehr begriff. Hierauf zeigte mir die Schlange den Ort, von dem aus man sieht, wie Tag und Nacht aufeinandertreffen. Wie von einem hypnotischen Befehl gelenkt, sanken die Menschen in den Schlaf oder erwachten. Allerdings sah ich nicht nur die Nacht, sondern gewissermaßen die Welt als Traumreich. Ich hielt meinen Mund so weit aufgesperrt, daß er ein Echo der Schlafgeräusche zurückwarf. »Laß uns wieder zurückgehen, liebe Schlange«, bat ich. Wir legten uns in mein Bett, und ich durfte die wunderschönen Nebel auf der Schlangenhaut sehen, die Sonnen, die Monde und Planeten, die Kugelsternhaufen und Spiralen, in denen ich mich gänzlich verlor. Zum Abschied schenkte sie mir eine Handvoll kleiner Eier, durch deren Schale man winzige Schlangen schimmern sah, die wiederum in höchsten Pizzikato-Tönen sangen:

Wir sind nicht Lichtstaub
Wir sind nicht Herbstlaub
Wir sind Sterne
Aus der Ferne

Das geschah unendlich langsam und zart, und als die letzten Töne verklungen waren, da verschwanden die kleinen Eier unter hellem Geklingel am Nachthimmel.

Ein Gespräch

»Nein, ich bin nicht in Alois verliebt«, sagte Eva. Ihre Fingernägel waren rosa gefärbt, sie trug einen beigefarbenen Pullover und Blue jeans. Ihr Gesicht erinnerte an ein zwölfjähriges Mädchen. Die Nase war klein und gerade geformt die Augen mit braungoldenem Lidschatten waren grau, die vollen Lippen ein wenig blaß. Nahezu unbeweglich saß sie auf einem mit einem schwarzen, blumengemusterten Samtüberwurf bedeckten Sofa und spielte mit den Fransen. Ihr Blick verlor sich in den üppigen Ornamenten aus Phantasieblüten und -blättern. Sie hatte braune Stiefel an den Füßen, mit denen sie unruhig wippte. Das Zimmer ihrer Freundin Julia war groß und sonnig. Der honigfarbene Parkettboden, die weißen Gardinen und die alten Möbel gaben ihm etwas Abgeschiedenes. Auch Julia war blond. Sie war größer als Eva, ihre Augen hatten die blaue Farbe von Wellensittichfedern, aber sie waren zumeist abwesend, als dächte sie an etwas anderes. Ihre Nägel waren abgebissen, an einem Finger steckte ein schmaler Ring.

»Nicht?« gab sie gleichgültig zurück. Ruhig hatte sie sich in dem weißgestrichenen Korbsessel ausgestreckt. Sie bevorzugte schwarze, weite Kleider und Blusen und trug nur selten Hosen. Eva und Julia hatten gemeinsam die Matura gemacht. Schon seit der fünften Klasse erzählten sie sich ihre Liebesgeschichten, gingen zusammen aus und riefen sich täglich an. Julia machte sich Gedanken über die

Gesellschaft, hatte feste Vorstellungen von Gleichberechtigung und Gerechtigkeit und war mitfühlend, obwohl ihr das eigene Wohlergehen über alles ging. Sie war faul und wurde sofort müde, wenn es um Geschirrabwaschen, Kochen oder Reinigungsarbeiten ging, während Eva selten über allgemeine Probleme sprach, aber rasch zupackte. Anfangs hatte Julia, da sie sich schwer zu Entschlüssen durchrang, das gleiche Studium wie Eva ergreifen wollen, sich aber im letzten Augenblick für Medizin entschieden.

»Nein«, antwortete Eva. »Alois ist trotz seiner starken Brille anziehend: Er ist groß, schlank, gut gekleidet, trägt feine Hemden und Seidenkrawatten – außerdem ist er intelligent und um keine Antwort verlegen...«

»Und wie ist er sonst?« wollte Julia wissen.

»Du, witzig. Sehr witzig und unternehmungslustig –«

»Und warum? –«

»Das wollte ich dir gerade sagen. Er hat einen Freund. Du wirst lachen, er heißt Franz... Franz ist ganz eigenartig... er sagt zum Beispiel: Entweder hat alles einen Sinn oder nichts. Wenn alles einen Sinn hätte, jedes Aufdrehen einer Wasserleitung, jeder Schritt, jedes Kratzen auf dem Kopf, wenn das Kleinste in einem wichtigen und entscheidenden Zusammenhang mit einem Großen stünde, würde ich verrückt. Stell dir vor, sagt er, jede Handbewegung wäre etwas Entscheidendes, das wäre grauenhaft... Die absolute Sinnlosigkeit regt hingegen zum Handeln an –«

Julia biß gedankenverloren an einem Nagel: »Und wie schaut er aus?«
»Du, er ist nicht besonders groß, hat dunkle Augen und ziemlich abstehende Ohren.«

Eine Irrfahrt

1.

Nach dem Rudern streifte Jenner durch die Vorstadt. Die alten Häuser und neuen Siedlungen tauchten aus der Dunkelheit auf, graue Mauern, schmucklose Fenster, geparkte Autos und beleuchtete Wirtshäuser. Es war naßkalt; die Straßenbahn fuhr fahl beleuchtet vorbei und erinnerte Jenner an ein Schiff. Die Gehsteige waren leer, obwohl es noch nicht spät war. Am Himmel hörte er ein Flugzeug fliegen – dann kam Nebel auf und hing träge und still über den Gassen.

Er ging ruhelos weiter. Die Vorstadt stimmte ihn traurig, er litt unter der Ereignislosigkeit. Er betrat ein Wirtshaus und betrank sich. War der Gastraum zuerst überfüllt gewesen, so daß er an einem Tisch mit Fremden hatte sitzen müssen, fand er sich zum Schluß mit einem grölenden Fleischhauer allein. Der Mann war fett und bleich und beschimpfte ihn, lud ihn aber dann auf ein Viertel Wein ein. Der Wirt trank mit ihnen bis zum Morgen. Jenner war froh, nicht allein zu sein. »Warten Sie«, sagte der Fleischhauer, »ich zeige Ihnen etwas, was Sie noch nie gesehen haben...«

2.

Im Schlachthof, der sich weit erstreckte und auf dem sich Ställe, Hallen, Magazine und Betriebe angesiedelt hatten, erhielten sie in einem Ziegelgebäude der Verwaltung weiße Mäntel. Die Verkaufshalle war von grellem Neonlicht beleuchtet, Schweine, Rinder und Dutzende Pferde wechselten ihre Besitzer. Der Schlächter ließ Jenner einen Blick auf die Tiere werfen, dann zog er ihn ungeduldig weiter, an den Stallungen vorbei, aus denen gerade Kühe geführt wurden. Die Viehtreiber schlugen den Kühen mit Stökken auf den Schädel, wenn sie ihnen nicht sofort im Laufschritt folgten. Plötzlich flogen zwei Ballen gepreßtes Stroh aus einem Fenster vor ihre Füße. Erschrocken sprangen sie zurück, dann fing Jenners Begleiter zu fluchen an und fluchte noch in der Wartehalle, wo die Tiere auf die Schlachtung warteten. Gerade wurden mehrere Rinder weggetrieben, sie liefen ihnen im schmalen Gang entgegen, weshalb die beiden wieder ins Freie flüchten mußten. »Diese verfluchten Viecher!« schrie der Fleischhauer. Eines der Tiere rutschte auf dem glatten Betonboden aus und stürzte unter dem Gelächter der Viehtreiber, die es im Befehlston mit Unterstützung der Stöcke wieder auf die Beine zwangen.

3.

»Im Schlachthof ist es lustig«, sagte der Begleiter in der weißgekachelten Halle. Von einem Fließband hingen die toten Rinder an den Hinterläufen... Der Boden wurde fortlaufend gereinigt, indem man Wasser aus Schläuchen spritzte. Es dampfte, und ein aufdringlich süßer Geruch schlug sich Jenner auf die Brust. Sein Begleiter wurde mit Zurufen und Scherzen begrüßt, ihn selbst beachtete man nicht. In einer Ecke stand einer der Schlächter mit dem Bolzengerät

in der Hand. Wie alle anderen war er weiß gekleidet, trug eine weiße Mütze und schwarze Gummistiefel. Jeder der Schlächter hatte an einem Gürtel ein Futteral mit einem Messer bei sich. Der Mann mit dem Bolzenapparat – dessen Bauch so riesig war, daß er mit jeder Bewegung schwabbte – hatte fünf Stiere vor sich, die er aufmerksam, doch äußerlich vollkommen ruhig, beobachtete. Blitzschnell schoß seine Faust an die Stirn eines Tieres, ein dumpfer Knall folgte, und der Stier lag zappelnd auf dem Boden.
»Sehen Sie!« rief der Fleischhauer mit sichtlicher Begeisterung. »Es geht so schnell, daß man kaum seinen Augen traut.«
Jenner fühlte Unbehagen, andererseits erkannte er, daß es keine Möglichkeit gab, die Besichtigung abzubrechen. Zudem lähmte ihn der Alkohol. »Sind Sie sicher, daß die Tiere keinen Schmerz verspüren?« fragte er, um etwas zu reden. »Schmerz nicht, aber Angst... jedes hat Angst vor dem Sterben«, antwortete der Fleischhauer befriedigt. »Am Tag der Schlachtung drücken sich die Schweine eng aneinander und zucken beim geringsten Lärm zusammen.« Während der Fleischhauer sprach, zupfte er Jenner am Ärmel und wies ihn mit sichtlichem Stolz auf die Fertigkeit seines Kollegen hin: »Er versteht sein Geschäft«, erklärte er.
Soeben kam der nächste Stier mit einem Plumpser neben dem ersten zu Fall. Als aber der Schlachtmeister den dritten Stier betäuben wollte, drehte dieser den Schädel zur Seite und versteckte ihn unter dem Bauch eines anderen Tieres. Einer der Stiere wollte gleichzeitig zwischen den Eisenpfählen, die sie um-

gaben, flüchten, es hatte jedoch nur sein Schädel Platz und beim nächsten dumpfen Knall stürzte er auf die beiden anderen. Jenner empfand keine Neugierde, aber auch kein Schuldgefühl. Übelkeit stieg in ihm auf, er machte den Gestank dafür verantwortlich. Ein Kalb, das mit anderen in einem gesonderten Abteil darauf wartete, bis es an die Reihe kommen würde, stupste Jenner und den Fleischhauer mit der Nase in den Rücken. Während sich Jenner erschrokken umdrehte, streichelte der Fleischhauer es, ohne seinen Blick von der Schlachtung abzuwenden, zwischen den Hörnern. Nun lagen alle fünf Stiere auf einem Haufen, der eine oder andere schlug noch mit dem Huf aus, und Zuckungen liefen über die Körper. Rasch zog man sie an den Hinterläufen mit Ketten zur Decke, alles weitere ging mit unfaßbarer Geschwindigkeit vor sich.
Zuerst wurden die Tiere gestochen – ein drei Finger dicker Blutstrahl schoß schwarz und dampfend in eine Rinne. (An dieser Stelle waren die Kachelwände blutbespritzt.) Die weißen Kleider der Schlächter waren längst blutig.
»Jetzt passen Sie auf«, schrie der Fleischhauer und rüttelte den benommenen Jenner, dem gar nicht gut war. Der gedämpfte Lärm, das Knallen des Schußapparates, das Geräusch der Ketten beim Aufziehen der Tierkörper, die Rufe und das Wasserspritzen machten ihn schwindlig. Manche Schlächter standen auf kleinen Plattformen, die hydraulisch gehoben und gesenkt werden konnten, und trugen Motorsägen, mit denen sie das Vieh halbierten. Zuvor wurde den Rindern der Kopf abgetrennt und das Fell

mit einer Maschine wie ein Mantel abgezogen. An einer Eisenkette schwebte das Fell dann traurig zur Decke, von wo es mit der Kette in eine stählerne Rutsche fiel, was ein häßliches Geräusch wegen des Auftreffens von Metall auf Metall zur Folge hatte, und verschwand in einer Öffnung (unter der sich ein Container befand).
»Es ist alles bis in die kleinste Einzelheit geplant«, rief der Fleischhauer aus. »Wir überlassen nichts dem Zufall. Was Ihnen selbstverständlich erscheint, ist das Ergebnis von Jahrzehnten Arbeit in diesem Schlachthof, wenn nicht von Jahrhunderten.« Erklärend wies er auf die Schlächter, die den Tierkörpern die Bäuche öffneten und die dampfenden Eingeweide auf ein Fließband warfen, das hinter ihnen vorbeilief. Die Gedärme zogen sie heraus und ließen sie in Wannen fallen, in denen sie zur Wäsche kamen. Alles geschah ohne Pause und in einem Zustand von Gelöstheit, ja, fast Übermut, der ansteckend wirkte. Es war keine Freude an Grausamkeit oder am Sterben, hatte es den Eindruck, sondern es schien die Gegenwart des Todes zu sein, die fröhlich machte. Lachend packten zwei Schlächter einen der ausgenommenen Rinderkörper und halbierten ihn mit der Motorsäge. Die Muskeln zuckten noch, das Fleisch glänzte und sonderte den starken Geruch frischgeschlachteter Tiere ab, Warmwasser sprühte aus Brausen und Schläuchen und ein kleiner, unscheinbarer Mann in Weiß stempelte Kreise auf die beschauten Tierhälften. Andere standen herum, warteten, bis der nächste Tierkörper zu ihnen gefahren kam, um sich gutgelaunt an die Arbeit zu machen,

feiste Männer mit Schnurrbärten, verfettet und von rosiger Gesichtsfarbe. Durch geöffnete Schiebetüren konnte Jenner in Kühlhäuser sehen, in denen Tierhälften und -köpfe hingen, und er war froh, als der Fleischhauer ihn für Augenblicke nicht beachtete und mit seinen Kollegen scherzte.

4.

Draußen war es noch dunkel, als sie eines der Gasthäuser rund um den Schlachthof aufsuchten.
»Hier gibt es die größten Fleischportionen der Stadt«, sagte der Fleischhauer prahlend. Trotz des frühen Morgens waren die Räume dicht besetzt mit Händlern, Frächtern, Chauffeuren und kleinen Kaufleuten. Das Essen wurde heißhungrig verzehrt, und Jenner wunderte sich bei seiner Mahlzeit, daß er keinen Ekel verspürte.
»Habe ich Ihnen zu viel versprochen?« wollte der Fleischhauer wissen. Jetzt erst betrachtete Jenner ihn näher. Alles an ihm war weich: die Nase, der Mund, der Blick. Die dunklen Haare hingen ihm in Strähnen in die Stirn. Er machte einen gemütlichen Eindruck.

5.

Als es hell geworden war, fuhren sie in die Wohnung des Fleischhauers. Die Kinder waren in der Schule, nur ein kleines kniete auf einem Sessel vor dem Tisch und staunte sie an. Die Frau war unfrisiert und abgearbeitet. Der Fleischhauer hatte die unversperrte Wohnungstür geöffnet und auf ihre Frage, wer es sei, das Bellen eines Hundes nachgeahmt. Erschrokken war seine Frau aus dem Zimmer gelaufen. Als sie aber ihren Mann erkannt hatte, hatte sie ihn heftig beschimpft, um plötzlich beleidigt zu schweigen. Jenner bemerkte, daß mit seinen Augen etwas nicht stimmte. Die Gesichter und die Gegenstände flimmerten und sonderten Lichtpunkte ab, die, auch wenn er die Lider schloß, als rotflimmernde und sich langsam blau verfärbende Kreise vor seinem inneren Auge erschienen. Außerdem schmerzte ihn der Kopf. Der Fleischhauer hatte seiner Frau angeschafft, Tee zu kochen und reichlich Schnaps in die Tassen geschüttet. Mitten in seinen wirren Reden über die Arbeit am Schlachthof schlief er ein.

6.

Eine Weile ruhte Jenner sich auf einer Parkbank aus und döste vor sich hin, das Augenflimmern ließ aber nicht nach. Er suchte in einem Telefonbuch nach einem Augenarzt und ließ sich, nachdem er sich angemeldet hatte, von einem Taxi zu ihm fahren. Unterwegs war das Augenflimmern so stark geworden, daß er fast nichts mehr wahrnahm. Er kam allerdings darauf, daß er, wenn er ein Auge zukniff, kurz Einzelheiten sehen konnte. Man ließ ihn im Wartezimmer Platz nehmen, verlangte einen Geldbetrag und führte ihn schließlich in ein abgedunkeltes Zimmer, wo ein wenig gesprächiger Arzt ihn untersuchte. Zum Schluß mußte Jenner ohne Brille die Schrifttafel entziffern, was ihm aber nur bei den größten Buchstaben gelang. Auf die Fragen, ob er Schmerzen empfände, antwortete er, nein, keine, nur einen Druck an der Schläfe. Der Doktor verschrieb ihm Tropfen und Tabletten und ließ ihn, ohne ihn aufzuklären, gehen.

7.

Den übrigen Tag verschlief Jenner. Einmal, am Nachmittag, erwachte er kurz und fand Tee, Zwieback und eine Zeitung neben dem Bett. Im Halbschlaf blätterte er sie auf und las einen Bericht über einen ungeklärten Mord an einem Ehepaar, das erschossen, jedoch nicht beraubt worden war. Anschließend sei die Wohnung angezündet worden, hieß es, jedoch habe man das Feuer rechtzeitig entdeckt und gelöscht. Das Verbrechen war vor einigen Tagen geschehen, und die Polizei stand noch immer vor einem Rätsel. Jenner legte die Zeitung beiseite, aß und trank, was er vorfand, schluckte die Medizin und schlief sodann bis zum nächsten Morgen.

Ein Moment der Wahrheit

Bevor Jenner die Universität aufsuchte, betrat er Lindners Zimmer. Lindner saß im Bett und schrieb, Kleidungsstücke lagen auf dem Fußboden, Papier, Bücher, Zigaretten, ein Feuerzeug. »Ich muß mit dir sprechen«, sagte Jenner. »Ich kann dein Herumliegen nicht mehr ertragen, es wird mir übel –«

Lindner schwieg.

»Den ganzen Tag liegst du im Bett und tust nichts. Du schreibst Papiere voll, aber ich habe keine Ahnung, was ich davon halten soll«, fuhr Jenner fort. »Weißt du, weshalb ich dich aus der Anstalt geholt habe?«

»Du hast Angst vor mir«, antwortete Lindner zögernd.

»Ich? Vor dir?«

»Du fürchtest, ich könnte dich verraten.«

»Und warum tust du es nicht?«

»Ich gelte als verrückt.«

»Erkläre mir, weshalb du weder das Bett noch das Haus verläßt?«

Lindner dachte nach. »Ich weiß nicht«, stammelte er.

»Mir ist es völlig gleichgültig, was mit dir geschieht oder was aus dir wird, von mir aus kannst du zur nächsten Polizeistation gehen oder in das nächste Irrenhaus, das ist mir völlig gleichgültig. Aber ich werde mein Leben nicht nach einem Idioten richten, ist das klar?«

Lindner blickte ihn verwirrt an, dann fragte er ihn unvermutet, weshalb er Jus studiere.

»Was geht dich das an!« gab Jenner zurück.
»Ich meine, wenn es dir gleichgültig ist, daß Unrecht geschieht, weshalb –«
Jenner fuhr ihn an: »Ich studiere gerade deshalb Jus, weil ich nicht an die Gerechtigkeit glaube.«
Lindner schwieg.

2. Kapitel

Alois Jenner: Notizen

1

Franz ist verschwunden! Es ist das beste, den Dingen ihren Lauf zu lassen.

Allein auf der alten Donau. Ein nebliger Vormittag, die Ruder klatschen auf das Wasser. Beim mechanischen Rudern fällt der Blick nur selten ans Ufer. Manchmal setze ich ab und betrachte die Algen durch die Wasseroberfläche, dann umkreischen mich Möwen. Ich lasse mich an das Ufer herantreiben, verstecke das Boot im Gebüsch und folge einer Spaziergängerin. Die Wollmütze habe ich vom Kopf genommen. Ich verhalte mich wie ein Zuschauer, ohne feste Absichten. Ist Schwäche nicht Kraft und umgekehrt? – Die Frau geht über die Holzbrücke zum Polizeisportverein. Hier ist das Wasser seichter und darum von einer dünnen, durchsichtigen Eisschicht bedeckt, auf der Enten und Möwen sitzen. Ein Schwan fliegt in der Luft »mit blutigem Gefieder«. Ja, ich habe mit Frauen geschlafen und bin am gelben Himmel geflogen! Kann man eine Tat als Konzept ausführen, wie man eine Notiz schreibt (selbstredend keine Belanglosigkeit)? Sozusagen den Entwurf als Handlung. Es würde der Fall eintreten, daß die Vorsätzlichkeit in der Tat selbst läge... Die Frau hält am Ufer und wirft Steine auf die Eisfläche, die dort ein pfeifendes Geräusch erzeugen. Unter dem dünnen Eis braungrüne Algen, die Brücke ist mit weißer Vogelscheiße bekleckst. Vom Gänsehäufel weht eine Wolke rotes Laub auf die Eisfläche. Durch den Drahtzaun sieht man auf die hohen Bäume und die verlassenen Badekabinen. Kein Fußgänger. Es wäre besser gewesen, wenn die Frau nicht über die Holzbrücke gegangen wäre. Hier sind wir allein zwischen den Schrebergärtenhäuschen und dem leeren Sportplatz. Vor den Häuschen blaugestrichene Boote, mit der Unterseite nach oben. Treppen führen steil zum Wasser hinunter, weil die Hütten auf einer Betonrampe stehen. Ich bin ein Experte für den Augenblick. Ich betrachte nicht das Gesicht der Frau, während ich ihren Hals zudrücke. Ich werfe sie über den Drahtzaun, klettere ihr nach und verstecke sie unter einem der umgedrehten Boote. Es ist eine ältere Frau, mit gefärbten Haaren und falschen Zähnen. Während ich über die Holzbrücke schlendere, empfinde ich nichts. Die Schwäne haben sich auf der durchsichtigen Eisfläche niedergelassen und betteln um Brot. Ich gehe rascher. Wo habe ich das Boot versteckt? – Bevor ich es finde, bemerke ich, daß ich meine Wollmütze nicht mehr habe. Wo habe ich meine Wollmütze verloren? – Ich muß zurück. Niemand begegnet mir. Vor der Brücke habe ich Angst. Sieht mich jemand über die Brücke gehen, bin ich verloren. Der Nebel ist nicht dicht. Weit und breit entdekke ich niemanden. Ich laufe los und stolpere auf die andere Seite, der Lärm meiner Füße hat mich vollständig verwirrt. Dann finde ich meine Wollmütze! Sie liegt mitten auf dem Weg. Soll ich die ganze Strecke nochmals zurücklaufen? Noch einmal die Brücke überqueren? Ich habe keine andere Wahl. Endlich ziehe ich das Boot aus dem Gebüsch und rette mich auf das Wasser, wo ich eine Zeitlang dahintreibe. Ich trage mich im Bootshaus ordnungsgemäß in das Logbuch ein und suche die Sauna auf. Zwei Studenten lungern in der Kantine und trinken Bier. Sie lachen über meinen sportlichen Eifer, und ich belasse sie in ihrem Irrtum und lache mit!

2

Es kann ein Glücksfall sein, verrückt zu werden.

3

Auf einer Wiese im zehnten Bezirk hat der Circus Saluti, der im Sommer über das Land zieht, sein Zelt aufgeschlagen. Der Zirkusdirektor, so erfahre ich, hat das Zelt an ein Treffen ehemaliger Artisten vermietet. Ich kenne den Zirkus seit meiner Kindheit, wo er häufig in Wies und Pölfing Brunn Vorstellungen gab. Mein Vater besaß dort ein Sägewerk. Wenn ich mich richtig erinnere, hat der Zirkus mehrmals in der Nähe von Arnfels überwintert. Der Zirkusdirektor, mit dem ich ein- oder zweimal gesprochen habe, begrüßt mich in Anbetracht des Wiedersehens in der Großstadt freundschaftlich. »Was macht der Stumme?« fragt er mich plötzlich. Vor einiger Zeit, fällt mir ein, habe ich mit Lindner eine Vorstellung besucht und bei dieser Gelegenheit den Zirkusdirektor kennengelernt. Außerdem hat Lindner, bis man ihn festnahm, nach einem Aufenthalt in der Anstalt Feldhof, im Zirkus gearbeitet, und zwar als Bienendompteur. Es kam jedoch nur zu einem Auftritt. Völlig von den Bienen zerstochen, die sich auf ihn gesetzt hatten, lasen ihn die Gendarmen auf und brachten ihn in die Anstalt. Der Zirkusdirektor hat ein untrügliches Gedächtnis.

Ich für meinen Teil mißtraue ihm aus guten Gründen. Ich benutze ihn mehr oder weniger als Studienobjekt. Er ist ein athletischer Mann, mit dunklen Haaren und einem gewöhnlichen Gesicht. Begleitet wird er von einer schwarzen Katze, nach der er mit dem Fuß tritt. Die alten Athleten sind mit Koffern und Geräten erschienen, sitzen auf den Bänken und frieren. (Ich denke, ein guter Ort zum Sterben.) In der Arena probt ein ergrauter Jongleur mit Keulen.

4

Ihre Bluse hing über der Lehne des Sessels. An der Stelle, an der unsere Gesichter im Schlaf zusammengelegen waren, schwitzte ich, und die Haut fühlte sich glühend an. Wir hatten uns nicht vollständig entkleidet. Meine Hose lag noch auf dem Teppich, wo ich sie ausgezogen hatte. Ich traf Julia vor zwei Wochen, als sich Eva nach Franz erkundigte. Ich log, er sei nach Hause gefahren. Eva war, hatte ich den Eindruck, enttäuscht, ließ sich aber nichts anmerken. Im Speisesaal des Hotels Bristol berührte ich verstohlen Julias Knie, und sie ließ es geschehen. Ich muß hinzufügen, daß ich auch Evas Knie ohne Widerstand berührte. Das hat vermutlich nichts mit meinem Äußeren zu tun als vielmehr mit der Langeweile der Mädchen. Als Julia erwachte, umarmte sie mich, indem sie rasch die Augen schloß und seufzte. Ich entdeckte in ihr eine Furcht vor allzugroßer Wirklichkeit, die mir nicht fremd ist. Ich tröstete sie mit dem Hinweis auf die Unbedeutendheit der menschlichen Existenz, der sie aber wütend machte.

5

Die Vergangenheit als Bilderrätsel mit der Lösung: Bin das ich? Am Vormittag besuchte ich Vorlesungen in der Absicht, ihnen aufmerksam zu folgen. Tatsächlich aber Ideenflucht. Ich erinnerte mich daran, wie man Franz in die Anstalt eingeliefert hatte. Am Vorabend hatte er, nachdem er einen Warnschuß auf treibende Jäger abgegeben hatte, begonnen, singend Holz zu hacken und die ganze Nacht über, ohne sich von seinem Vater beruhigen zu lassen, weitergehackt. Schließlich war er in das Tabakmagazin des Nachbarn geklettert, von wo er Steine auf die Gendarmen geworfen hatte. Erst die Androhung, die Feuerwehr werde ihn mit dem Schlauch herunterspritzen, veranlaßte ihn aufzugeben. Seither hatte ich nie aufgehört, ihn zu besuchen. Es entstand eine merkwürdige Zuneigung, »wie zwischen dem Clown und dem Witz«, wie sich Franz ausdrückte. Sollte ihm etwas zugestoßen sein, wird man mir Schwierigkeiten machen. Noch immer aber glaube ich, daß es das Beste ist, nichts zu unternehmen. Möglicherweise hält er sich irgendwo versteckt. Ist das der Fall, so ist sein Warten das Lauern der Katze auf die Maus, daß sie das Versteck verläßt.

6

»Sie haben recht«, sagt der Bootsmeister, »wenn der Kanal zufriert, ist es aus mit dem Rudern.« Natürlich spricht alles vom Mord an der Frau, die man gestern, als der Besitzer des Schrebergartenhauses Nachschau hielt, unter dem Ruderboot fand. Niemand schöpft Verdacht. Ich höre aufmerksam zu und schüttle den Kopf. Ich kann mir selbst zuschauen, ich finde sogar ein gewisses Vergnügen an der Schauspielkunst. Ich streife meine Handschuhe über und trage den Einer zum Wasser. Dann lege ich mich heftig in die Riemen. Der Wasserstand ist schon niedrig, und ich muß vorsichtig sein, denn die Boote sind – wie gesagt – äußerst empfindlich. Einmal treibe ich den Fluß hinunter, der Himmel färbt sich am Abend fliederfarben und gelb. An der rechten Seite des Ufers die Silhouetten der Häuser, und ich gleite auf dem Wasser dahin mit dem Wissen, daß mich ein Geheimnis umgibt.

7

Einige Tage hatte ich mich vollständig auf mein Studium konzentriert, da erschien Eva. Wir gingen ins Kino, und sie blieb die Nacht über bei mir. Ich fragte sie, ob sie mich liebe, und sie sagte, nein, und verbot mir, sie nochmals danach zu fragen. Das reizte mich, und beim Frühstück wiederholte ich die Frage. Sie antwortete diesmal, sie wisse es nicht und dachte nach.

8

Ich muß lernen, mir selbst auszuweichen. Vielleicht bleibe ich an bestimmten Tagen besser im Zimmer. Das nennt man »einen Riegel vorschieben«. Ich lese keine Zeitungen, um mich nicht selbst nervös zu machen. Nur den Ruder-Club besuche ich, als hätte ich vor, bei den nächsten Meisterschaften anzutreten. Es ist wahr, auf dem Wasser fühle ich mich wohl. Sobald ich mich vom Ufer abstoße, bin ich in Sicherheit. Dämpfe steigen von der Oberfläche auf, und der Fluß riecht faulig.

9

Franz bleibt verschwunden. Je länger seine Abwesenheit dauert, desto weniger bin ich beunruhigt. Ich bin davon überzeugt, daß er lebt, ohne meine Gewißheit begründen zu können. Auch bin ich mir sicher, daß er nicht weit weg von mir ist, vermutlich in der Anstalt. Aber ich will mich mit einem Auftritt nicht verdächtig machen. Gegebenenfalls werde ich auf meine Vermutung zurückkommen.

10

Ich sitze nackt auf einem Stuhl vor dem Spiegel, der an der Innenseite der Kastentür befestigt ist. Meine Brille liegt auf der weißen Etagere über dem Waschbecken zwischen dem Rasierapparat, dem Pinsel, der zusammengedrückten Tube Schaum, der Zahnpasta, dem schwarzen Kamm und der Zahnbürste. Ich sitze so, daß sich mein Hinterkopf im Waschbeckenspiegel reflektiert. Ich betrachte verschwommenen Blicks mein Gesicht: eine Mundnase, ein Nasenohr, ein Augenkinn, ein Lippenohr, eine Ohrenstirn. Ich kann mich selbst in Trance versetzen. Seit Stunden sitze ich stumm auf dem Stuhl, nur meine Haltung verändere ich nach Belieben. Kein Laut dringt zu mir herauf. Welcher Art Betäubung ist mit dem Denken verbunden? Als Kind kannte ich meinen Körper nicht: Über jedes Ohr, jeden Finger war ich erstaunt. Beim Sprechen mußte ich über mich lachen. Die Angst vor dem Tier war die Angst vor mir selbst. Mit dem Entsetzen der Langeweile löste sie sich auf. Anstelle der Angst traten die Geheimnisse (die ich nicht zu illustrieren brauche, weil sie jedermann geläufig sind). Die Gegenstände aber verlangten mir das Äußerste an Vorstellungskraft ab: Die Überzeugung, daß ein Rasierpinsel tatsächlich kein Rasierpinsel ist, konnte ich nie ablegen. Unvermittelt kann ich in einen gläsernen Briefbeschwerer, ein Rasiermesser, einen Hosenriemen versinken, mit der Absicht, einen unbekannten Fundgegenstand aus einer anderen Epoche zu enträtseln. Zu meinen wenigen Überzeugungen gehört das Wissen um die falsche Sprache. Würde ich die Bezeichnungen beliebig auswechseln, käme ich der Wirklichkeit für einen Augenblick näher, über den Effekt der Verwirrung. (»Der Bauch rollt über die grüne Spirale auf der Baumkrone zwischen dem Flugzeug, der zersplitterten Teetasse, dem Uhrzeiger, den Ansichtskarten und dem Gebiß der Geschirrlade« wäre aber ein Spiel für Kinder, das selbst ihre Aufmerksamkeit nur kurz fesseln könnte.) Mein Scheitel ist nicht gerade, doch erlaubt dieser Umstand es mir um so leichter, an meine Kindheit zu denken. Die Ohrfeigen kamen von oben, ich mochte keine Hände. (Man legt sein Schicksal, wie es heißt, nicht ungestraft in eine fremde Hand.) Doch die Erinnerung lügt, sobald sie den Mund auftut. Wie lange werde ich hier noch sitzen? Eine Stunde? Drei Tage? Habe ich mir auferlegt zu verhungern, ohne daß ich mir davon Mitteilung gemacht habe? Wäre es das richtige Zimmer, um zu verhungern? Oder enthält dieses Zimmer das Bild, wie ich mir mit dem Rasiermesser die Kehle durchschneide? Das Erschießen wiederum, das sehr gut möglich wäre, vor allem weil das Ergebnis (zwar nur für den Bruchteil einer Sekunde, aber immerhin) mit physikalischer Gesetzmäßigkeit in den Spiegeln zu sehen wäre, scheitert daran, daß ich mich vor dem Knall des Schusses fürchte.

11

Eine Verabredung mit einem Dozent für Römisches Recht auf ein Schachspiel im Caféhaus. Seine spärlichen Haare sind glatt frisiert. Der Dozent ist förmlich verliebt in das Spiel. Ich habe das Schachspiel von meinem Onkel erlernt, der es mir in Kinderjahren beibrachte. Meine Kombinationen sind, so habe ich mir sagen lassen, nicht übel, allerdings fehlt es mir an Übung. (Ich bin mir sicher, daß ich als Kind ein ernstzunehmenderer Gegner war.) Trotzdem gelingt es mir einmal, den Dozent zu schlagen, worüber sich dieser insgeheim ärgert. Ich merke das an seinem roten Gesicht und dem verkniffenen Mund. Julia kommt seltener, Eva läßt sich nicht blicken. Auf der Toilette hockt ein Betrunkener und kann sich nicht erheben. Seine Hose hängt ihm bis zu den Knien herunter, der Kopf schaukelt zwischen den Beinen. Als ich die unversperrte Tür öffne, reißt er den Kopf hoch und schielt mich an, dabei stammelt er: »Ich kenne Sie!« – Selbstredend habe ich ihn noch nie gesehen.

12

Der Zauber, der von einer Prostituierten ausgeht, ist ihre Fähigkeit, mich in ihre Anonymität einzubeziehen. Nichts ist schlimmer als der Versuch, das Geheimnis zu lüften. Das gilt für beide Beteiligten. Im intimsten Akt die Identität zu verlieren und nur Fleisch zu sein, bedeutet, für mehr oder weniger kurze Augenblicke von der Seele entlastet zu sein. Ich trete in meine eigene Natur ein, ohne daß mich irgend jemand zur Verantwortung zieht. Anschließend die Überzeugung, mehr über die Menschen zu wissen. Es ist ganz selbstverständlich, daß jeder ein Geheimnis mit sich trägt.

13

Die bloße Andeutung von Argwohn, was mit Franz geschehen ist, läßt mich lügen. Ich erkläre, er sei abgereist, um im Betrieb seines Vaters (als Bienenzüchter) zu arbeiten. Das kann mir noch Schwierigkeiten bereiten (weshalb habe ich mich nicht um den Verschwundenen bemüht, sondern eine Ausrede gebraucht?). Fürs erste jedoch verschafft es mir Luft. Julia verlangt von mir, ausgeführt zu werden. Ich lade sie ins Kino ein, hierauf reden wir in meiner Wohnung Unsinn, bis wir zur Sache kommen. Am nächsten Morgen finde ich den Lippenstift auf dem Schreibtisch und schließe daraus, daß sie den Wunsch hat, wiederzukommen. Einmal, im Laufe der Nacht, fällt mir ein, wer ich bin, und ich genieße das Gefühl der Überlegenheit (ohne Sarkasmus).

14

Das Zirkuszelt auf der Wiese wird gerade abgebaut. Ich finde den Direktor im Streit mit einem Artisten vor seinem Wohnwagen. Er blickt auf, als er mich sieht und läßt seinen Widersacher stehen. Ich stelle keine Fragen.

»Jetzt geht es zurück«, sagt er schwatzbereit. Und nach einer Weile: »Es ist schade um die Bienennummer, gerade in der Großstadt hätten wir mit ihr Aufsehen erregen können: Der Glaskasten und der Assistent im Taucheranzug – das hätte sicher Interesse erweckt.«

Es muß ein Gefühl der Macht sein, untertauchen zu können. (Vielleicht gibt es Berufe, die nur aus dem Bedürfnis entstanden sind, jemand anderer sein zu können, wann immer man es beliebt.)

15

Das Wartezimmer des Augenarztes ist in einem betrüblichen Zustand. Das ist die rechte Umgebung für das Leiden. Gesichter mit geschlossenen oder tränenden Augen. (Überall wo Ordnung herrscht, herrscht Schweigen.) »Haben Sie ein Papiertaschentuch?« Der ältere Herr lehnt seinen Kopf zurück, wie auf einem Zahnarztstuhl. Soeben hat man seine Augen eingetropft, damit sich bei der Untersuchung die Pupillen weiten. (Ich kenne solche Augen, die keine Regenbogenhaut zu besitzen scheinen.) Der Pensionist vermag seinem Leid nur durch das Krümmen seines Körpers Ausdruck zu geben. Das geschwollene Auge, die Wehrlosigkeit des entstellten Antlitzes sind der stumme Vorwurf, der jedoch nach innen gekehrt ist. Die Patienten entschwinden durch einen Vorhang zum Arzt, als beträten sie eine hell angestrahlte Bühne eines leeren Theaters, auf der sie gefoltert würden. Zur Überraschung der Patienten sitzen sie selbst im Zuschauerraum – das heißt ihr Leiden ist ein doppeltes.

16

In der Dunkelheit der Nacht folge ich einem alten Mann, der seinen Hund äußerln führte. Ich gehe hinter ihm her, ohne mein Interesse an ihm zu verbergen. Ich habe keine Absicht, ihm Gewalt anzutun, wenngleich ich meine Pistole bei mir habe. Andererseits ist meine Neugierde schon eine Form von Gewalt. Ich beschleunige – wie der Mann – meine Schritte. Ich bin nur auf der Suche nach dem Gegenbild dieses Mannes, das – dessen bin ich mir sicher – ohne mein Zutun auftreten und mir sagen wird, was ich zu tun habe. Das ist kein ungefährliches Spiel, denn ich muß jeden Hinweis in die Tat umsetzen, auch wenn er mich betrifft. Der Mann hält vor einer braungestrichenen Haustür und wartet. Auch ich warte. »Was wollen Sie?« fährt er mich plötzlich haßerfüllt an. In unserem Rücken ist eine riesige Plakatwand mit dem Gesicht eines Kindes, das für Weizenkeimflocken wirbt.
Ich antworte, auf das Plakat deutend, ich sei der Vater jenes Kindes, das er, wie ich von anderen erfahren habe, mißbraucht habe. »Sie wissen!« schließe ich drohend vieldeutig. Ich spreche bloß die Sätze nach,

die ich zuvor in meinem Ohr höre. Diese Gabe besaß ich seit meiner frühesten Jugend, mehrmals trat sie auf, wenn ich mich um ein Mädchen bemühte und mit ihr wunschgemäß zum ersten Mal allein war. Ich wartete bloß darauf, was ich hören würde, und sprach es ohne zu zögern aus. Manchmal wunderte ich mich, welcher Unsinn es war, aber es mochte unsinnig sein wie es wollte, ich hätte mit meinem ganzen Verstand und mit allen meinen Geisteskräften nicht solche Erfolge erzielen können. Zumeist dachte ich gar nicht mehr darüber nach, was ich im Begriffe war auszusprechen. Es waren die unmöglichsten Beschuldigungen, die obszönsten Wünsche, die einfältigsten Witze, aber nicht *einmal* habe ich mir damit geschadet. Etwas anderes ist es mit diesem alten Mann. Zumeist bekomme ich nämlich Unannehmlichkeiten, wenn ich in solchen Situationen meiner inneren Stimme nachgebe. Ich weiß, daß es Kindereien sind, aber gerade mit den kindischsten und dümmsten Anschuldigungen kann ich meine Aufsässigkeit am besten zeigen. (Im übrigen verliert ein Nachtstück bei Tageslicht an Bösartigkeit.) Der Mann will den Hund auf mich hetzen. Ich greife nach meiner Pistole, da öffnet sich die Haustür, und der Mann verschwindet mit dem Hund im Flur.

17

Ich muß Franz suchen. Was ich wünsche, ist Gewißheit. Die Anstalt Steinhof ist ein riesiger Jahrmarkt aus Spiegeln. Ich habe weder Angst vor der Verdoppelung, noch vor der Vervierfachung, der Versechzehnfachung, der Verhundertfachung. Ich lasse mich in zehntausend Jenners spalten, ohne mit der Wimper zu zucken. Ich habe nicht die Absicht, die Anstalt zu verherrlichen, jede Art von Anstalt ist mir zuwider. Was ich vielmehr ausdrücken will, ist, daß gerade diese Anstalt ein Ort roher Selbstbegegnung ist. Die Gebäude sind durch fortgesetzte Schmach entgeistigt. Diese Schmach bekommt durch die öffentliche Verwaltung das Aussehen gewöhnlichster Alltäglichkeit, als promenierten Passanten in der Innenstadt. Ich erkundige mich nach der Aufnahmestation und gebe Lindners Namen an. Der Portier blättert in einer Liste und schüttelt den Kopf. Ich frage ihn, ob jeder in dieser Liste verzeichnet sei. Selbstverständlich seien alle Patienten erfaßt, soweit man ihre Namen wüßte. Auf meine Frage, ob es vorkomme, daß sich auch Namenlose in der Anstalt aufhielten, erhalte ich zur Antwort, daß dies immer wieder der Fall sei. Allerdings gäbe es derzeit nur einen Patienten, dessen Personalien unbekannt seien. Dieser befinde sich in der Aufnahmestation. »Wollen Sie zu ihm?« fragt mich der Portier unvermittelt. Bestimmt ist er ein guter Ehemann, der erst vor einer Stunde gemütlich mit seiner Frau gefrühstückt hat und sich seines sicheren Arbeitsplatzes erfreut. Diese Menschen sind die gefährlichsten. Ich antworte, daß ich wegen eines Fräulein Lindner gekommen sei, aber vermutlich sei sie bereits entlassen. Um den Portier nicht argwöhnisch zu machen, gehe ich zur Bushaltestelle und fahre in die Stadt zurück. Am nächsten Tag lasse ich meine Pistole im Wäschefach, ich stecke aber eine spitze Schere ein, ohne mir erklären zu können, weshalb. Es ist nur so, daß ich mich mit der Schere sicherer fühle. Diesmal gehe ich wie selbstverständlich an der Portiersloge vorbei und suche die Aufnahmestation. Dort gehe ich mehrere Stunden auf und ab. Am Tag darauf wiederhole ich, noch immer die Schere in der Tasche, diesen Vorgang. Der Schnee und die Kälte bekümmern mich nicht. Plötzlich tritt Lindner in Begleitung eines Wärters durch die Tür.

»Bleiben Sie stehen, ich hole Ihnen einen Mantel«, höre ich den Wärter rufen, dann verschwindet er im Gebäude. Entschlossen mache ich mich an Franz heran, er sieht mich abwesend an. Ich bin sicher, er erkennt mich, aber er tut so, als sei ich ihm fremd.

Ich frage ihn, ob man wisse, wer er sei, aber er gibt mir keine Antwort. Er beantwortet keine meiner Fragen. Ich nehme unwillkürlich die Schere heraus und halte sie ihm unter die Nase.

»Du siehst, ich könnte dich jederzeit töten«, flüstere ich, »wenn du dein Schweigen brichst.« Damit drehe ich mich um und gehe. Die Schere stecke ich rasch in die Manteltasche. Wie ich an der Ecke zurückblicke, sehe ich ihn schweigend (in den Wärter eingehängt) den Anstaltsweg hinaufspazieren.

18

Als Eva mein Zimmer betritt, ist sie aufgebracht darüber, wie es aussieht. Und sie beginnt mich zu drängen zusammenzuräumen. Selbstverständlich ist sie mir behilflich. Bevor wir fertig sind, läutet es an der Tür, und Julia tritt ein. Ich genieße es, Julia im ungewissen zu lassen, und vor Eifersucht verlegen werden zu sehen. Kaum, daß Eva gegangen ist, macht Julia mir Vorwürfe.

19

Auf dem Eislaufplatz kann ich stundenlang stehen und zuschauen. Der Bretterzaun ist an einer Seite so niedrig, daß ich mich mit den Armen bequem auflehnen kann. Es ist noch nicht so lange her, da lief ich auf einem Karpfenteich Schlittschuh und brach ein. Ich versuchte, auf das Eis zurückzuklettern, aber jedesmal, bevor ich mich noch hochstemmen konnte, ging ein Stück Eis mit einem, wie es mir schien, *gleichgültigen* Knistern unter. Es färbte sich im grünen Wasser dunkel und verschwand. Mir war so kalt, daß ich glaubte, mein Herz höre auf zu schlagen. Verzweifelt versuchte ich weiter aufs Eis zu klettern. Meine Kameraden bemühten sich indessen schreiend, mir vom Ufer aus ein Stück Holz zu reichen. Irgendwie gelang es mir, mich daran zu klammern, aber im nächsten Augenblick schwand meine Hoffnung, denn es zerbrach, und ich versank in der eisigen Tiefe...

20

Die Wirklichkeit ist undurchdringlich wie ein Felsbrocken.

21

Vor meiner Wohnungstür schläft ein Betrunkener. Der taube Vermieter bittet mich, ihn wegzuschicken. Dann lädt er mich zu sich in die Wohnung ein, die im

Biedermeier-Stil möbliert ist. Infolge seines Gehörleidens spricht er zu laut mit mir. Seine alten Anzüge passen ihm nicht mehr, der Hemdkragen schlottert auf dem runzligen Hals. Er öffnet mir im Mantel, den er auch nicht auszieht, als er sich in einen Fauteuil setzt und Kriegserinnerungen zum besten gibt. Hierauf zeigt er mir zwei Orden, die er sich in Rußland verdient hat. Er ist stolz auf seine Orden. Mit zittriger Hand heftet er sie an seinen Mantel und läßt sie dort (Tee trinkend), solange ich bleibc, hängen.

22

Es ist ein Mann festgenommen worden, den man beschuldigt, die Frau am Kanal erwürgt und unter einem Boot vor einem Schrebergartenhäuschen versteckt zu haben. Über diese Wendung bin ich erstaunt. Gleichzeitig ist sie mir unheimlich, denn man will ein Stück meines Lebens jemand anderem zuordnen. Ich weiß nicht, ob ich erfreut oder erschrocken sein soll, daß man einen Unbekannten statt mir zur Verantwortung ziehen will. Ich betrachte das Bild des Verdächtigen in der Zeitung. Es ist ein älterer, grauhaariger Mann, mehrfach vorbestraft wegen Gewalttaten. Zur fraglichen Zeit hat er sich in der Gegend herumgetrieben, ist auch gesehen worden. Die Frau hatte kein Geld bei sich, weswegen sie nicht hätte beraubt werden können. Das sei des Rätsels Lösung, heißt es. Ich kann über diese Einfalt nur lächeln. Der Mann hat scharfe Gesichtszüge, einen schmalen Mund, sein Blick ist leblos. In letzter Zeit, lese ich weiter, sei der Verdächtige keiner Arbeit nachgegangen, und so fort. Ich glaube, ein Mensch von klarem Verstand zu sein, deshalb weiß ich um die Logik der Zufälle. Dieser Mann beispielsweise ist nicht mehr als ein Opfer des Zufalls, sozusagen das Spiegelbild meiner Schuld. Das genügt. Alles übrige wird von fleißigen Beamten zusammengetragen, der übliche Fall von Tatsachenfälschung.

23

Mein Verbrechen auf dem Land habe ich nahezu vergessen. Auch im Dorf spricht man kaum noch davon, entnehme ich den Briefen meiner Tante. Wohin ist diese Tat entschwunden, frage ich mich. In welche Wirklichkeit wurde sie versetzt? Und habe ich tatsächlich Unrecht getan, wenn selbst ein so schwerwiegender Fall gewissermaßen unter die Räder des Alltags kommt und vergessen wird? (Meine Tat könnte gerade in der Verzweiflung über diese Tatsache ihren Grund haben.) Ich bemühe mich nicht einmal, die Wirklichkeit zu überlisten. Aber diese Wirklichkeit mit allen ihren bezahlten Gendarmen und Beamten hat nur das Interesse am Augenblick. Es ist, als wühlte man mit einem Stock in einem Ameisenhaufen. Sobald die Ordnung wiederhergestellt ist, ist das Interesse am Stock und dem Arm, die sie zerstörten, erloschen.

24

Julia hat einen Freund gefunden. (Ich habe mich wohl zuwenig um sie bemüht.) Die Ermittlungen gegen den Verdächtigen, erfahre ich, sind abgeschlossen. Für die Presse ist er der Täter, darüber läßt sie keinen Zweifel. Von dem Mord an dem Pensionistenpaar ist ebensowenig die Rede wie über die Tote am Wehr im Dorf. Auch dieses Ereignis ist gleichsam versunken. Welche Tat könnte auf die Dauer etwas sichtbar machen? Das Merkwürdige ist, daß ich mich mit meinen Taten nicht außerhalb der Welt stellen wollte, sondern in sie und daß es mir deshalb nicht gelungen ist, weil man mich nicht entdeckt hat.

25

Ich habe die ersten Prüfungen abgelegt. Anschließend eine Schachpartie mit dem Dozenten für Römisches Recht. Am Nachmittag spaziere ich in die Vorstadt. An einem Abhang fahren Kinder Schlitten, ziehen den Schlitten hinauf, fahren wieder hinunter. Hunde bellen neben ihnen her. Zwei Buben versuchen einen Handstand im Schnee. Eine Weile schaue ich ihnen bei ihren überkippenden Handstandversuchen zu. Langsam wird es dunkel. Ich reiße mich los und gehe zurück. Die Krähen sind aus den Parks verschwunden. In einigen Monaten wird man gegen den Unbekannten verhandeln, den man meines Verbrechens beschuldigt. Natürlich wünsche ich, man möge ihn freisprechen, aber wie immer das Urteil ausfallen wird, ich werde mich nicht zu erkennen geben.

3. Kapitel

Der Nachmittag des Untersuchungsrichters

Der Untersuchungsrichter Sonnenberg war mit dem Gedanken erwacht, daß er in die Anstalt »Am Steinhof« mußte, um sich dort über den Fall eines offensichtlich geistesgestörten Jugendlichen zu informieren, der vor einem Monat in die Aufnahmestation gekommen war und seither kein Wort gesprochen hatte. (Da der Unbekannte keine Papiere bei sich trug und ihn auch niemand besuchte, wußte man nicht, wer er war.) Dabei beschäftigte den Untersuchungsrichter viel mehr die Ermordung eines Pensionistenehepaares, die sechs Wochen zurücklag und für die es nur vage Spuren gab. Sonnenberg hatte die ausgebrannte Wohnung gesehen und die verkohlten Leichen, man hatte jedoch nur einen Vertreter festgenommen, den der Untersuchungsrichter nach drei Tagen wieder hatte laufen lassen. (Weniger aus Überzeugung von seiner Unschuld als aus Einsicht, daß die Beweise gegen den Verdächtigen nicht ausreichten.)
Sonnenberg war knapp über vierzig Jahre und für sein Alter stark ergraut. Er war Junggeselle, trug einen Vollbart, der an den Wangen weiß war und hatte helle blaue Augen. Das Auffälligste an ihm war seine Statur, denn er war nahezu zwei Meter groß und nicht schlank, obwohl seine Hände und Füße im Vergleich dazu überraschend feingliedrig waren.
Seufzend erhob sich der Untersuchungsrichter von der Ledercouch und band sich die Krawatte um. Wie immer hatte er in der Mittagspause geschlafen und brauchte einige Zeit, bis er sich zurechtfand.
Plötzlich erinnerte er sich an einen Reim aus seiner Kindheit: »Finster wars, der Mond schien helle, als

ein Wagen blitzesschnelle langsam um die Ecke fuhr. Drinnen saßen stehend Leute, schweigend ins Gespräch vertieft, als ein totgeschossener Hase auf der Sandbank Schlittschuh lief.« Er wunderte sich, weshalb er gerade jetzt, nach mehr als dreißig Jahren an diesen Reim dachte, während er sich auf die Straße begab. Er löste eine Busfahrkarte und setzte sich in den halbleeren Wagen. Es roch nach Schnee. Sonnenberg schaute schläfrig hinaus, ohne etwas wahrzunehmen. Er stellte sich vor, daß seine Arbeit schon hinter ihm lag: Mit Sicherheit würde er sich heute abend zu Bett begeben und allen seinen Verpflichtungen nachgekommen sein. An der Endstation stieg er aus und überquerte die Fahrbahn, von der aus er durch ein Steintor das Gelände der Irrenanstalt betrat. Die Anstalt bestand aus mehr als einem Dutzend im Jugendstil erbauter Pavillons, die (eindrucksvoll) in größeren Abständen auf einem Hügel verstreut lagen. Sonnenberg hatte noch nie eine Anstalt für Geisteskranke betreten. Insgeheim fürchtete er sich davor, wenngleich ihm sein Verstand sagte, daß es kaum etwas zu befürchten gab. Er musterte die ihm Entgegenkommenden, ohne etwas Besonderes an ihnen zu entdecken. Wahrscheinlich waren es Besucher, wie er, denen er begegnete. Dann aber erkannte er an einzelnen Gesichtszügen, daß er sich getäuscht hatte. Überall spazierten Patienten, mit und ohne Angehörige, herum, ohne daß der Eindruck vollständiger Ruhe und Ordnung unterbrochen gewesen wäre. Sonnenberg stellte den Mantelkragen auf und versuchte, sich zurechtzufinden. Er mußte jedoch feststellen, daß er den angegebenen

Pavillon, in dem er den Oberarzt treffen sollte, nicht fand. Er durchschaute nicht, in welcher Reihenfolge die einzelnen Gebäude numeriert waren und scheute sich davor, einen der Spaziergänger danach zu fragen. Endlich stieß er auf eine kleinere Menschenansammlung, und als er nähertrat, stellte er fest, daß er sich vor einem der Eingänge zum Anstaltstheater befand. Er trat neugierig ein, man machte ihm Platz, und er konnte vom Flur aus durch die geöffneten Türen einen Blick in den Saal werfen. Die Reihen waren dicht gefüllt mit Patienten und einigen Wärtern, und ein Klavierspieler unterhielt die Wartenden bis zum Beginn der Vorstellung. Es war ein großer, heller Raum mit Spiegeln, Polstermöbeln, blütenförmigen Leuchtkörpern, Lüstern und geätzten Girlandenmustern in den Scheiben der Eingangstüren. Vor den geschlossenen Samtvorhängen stimmte ein Cellospieler sein Instrument, ohne einen Blick in das Publikum zu werfen.
»Wünschen Sie etwas?« hörte der Untersuchungsrichter jemanden eine Frage stellen.
Er schrak aus seinen Wahrnehmungen auf und fragte nach dem angegebenen Pavillon. Der Wärter, der sich vor ihn gestellt hatte, musterte ihn argwöhnisch. Er trug einen weißen Mantel und hatte ein blau und gelb verschwollenes Auge.
»Hier sind Sie nicht richtig«, antwortete er Sonnenberg verdrossen und beschrieb ihm unwillig den Weg. Rasch schritt der Untersuchungsrichter den knirschenden Kiesweg zwischen den Wiesen und Bäumen hoch und fand schließlich das gesuchte Gebäude. Die schwere Eingangstür war geöffnet, aber

noch bevor er die Stiegen erreichte, versperrte ihm eine weißgestrichene Tür mit kleinen Milchglasfenstern den Weg. Der Untersuchungsrichter entdeckte eine Glocke und läutete. Im selben Augenblick wurde die Tür aufgerissen, und eine kräftige Krankenschwester starrte ihm ins Gesicht.
»Ach so!« rief sie enttäuscht darüber, nicht jemand anderen anzutreffen, bevor sie sich nach seinen Wünschen erkundigte. Als der Untersuchungsrichter den Namen des Oberarztes nannte, wurde er eingelassen, die Tür aber wurde sofort hinter ihm wieder versperrt. Ein süßlicher Gestank schlug ihm entgegen. Gespannt folgte er der Schwester durch einen langen, hohen Gang, dessen Wände kahl und nur von ungewohnt hohen Fenstern unterbrochen waren. Der Steinboden war frisch gewaschen. (Sonnenberg erinnerte sich an seine Zeit in der Volksschule, wo die Räume ihm ebenso hoch und gleichzeitig erdrückend vorgekommen waren.) Auf Stühlen und Bänken saßen zumeist ältere Frauen in Bademänteln und Hauskleidern und glotzten ihn unverwandt an. Unter einer der Patientinnen hatte sich eine Urinlache ausgebreitet, die langsam zwischen den Stuhlbeinen hervorlief. Der Untersuchungsrichter hielt den Atem an. Eine andere Frau schlief mit dem Kopf auf dem Tisch, daneben hockten Patientinnen, die in Leintücher gewickelt waren. Was Sonnenberg auffiel, waren die glatten Haare der Insassinnen, die ihnen, obwohl gewaschen, etwas Schlaffes und Ungepflegtes gaben. Dabei herrschte überall, so kam es dem Untersuchungsrichter vor, ein Gesetz der Langsamkeit. Nur er und die Schwester schritten zielstre-

big und rasch den Gang hinunter, ansonsten war das Gebäude mit seinen Bewohnern in Lethargie versunken.
Die Schwester klopfte an eine Tür und öffnete sie auf das »Herein«, das dumpf durch das Holz erklang. Ein kleiner Mann mit glattgekämmtem braunem Haar und einer Brille mit Goldrand erhob sich und begrüßte Sonnenberg.
»Kommen Sie«, sagte er, als habe er ihn schon ungeduldig erwartet, und ging zurück auf den Gang, von wo aus er das erste Zimmer, an dem sie vorüberkamen, betrat. Sonnenberg folgte ihm.
Während sie nun durch die Säle eilten, erläuterte der Oberarzt den Befund des schweigenden Patienten. Er schilderte, wie dieser eines Tages vor der Tür der Aufnahmestation gestanden war und seither, ohne ein Wort von sich gegeben oder mit den anderen Patienten gewechselt zu haben, Papiere beschrieb, die er in seinem Nachtkästchen sammelte. Die Papiere, so führte der Oberarzt aus, böten keine Aufschlüsse über die Herkunft des Patienten. Auch sei es schwierig, an die Papiere heranzukommen, da der Patient sie freiwillig nicht herausrücken wolle, weshalb man ihn überlisten müsse. »Wir haben schon Mittel und Wege«, schloß der Oberarzt mit einem Lächeln, versperrte eine Tür hinter sich und schloß die nächste auf.
Die Patientinnen waren zum Großteil sehr alt, sie saßen auf ihren Betten wie traurige, nutzlos gewordene Vögel oder lagen wie verstorben in einem Gitterbett, eine glotzte sie mit herausgestreckter Zunge an.
Wieder öffnete und versperrte der Oberarzt eine Tür

hinter sich, und zur Überraschung des Untersuchungsrichters befanden sie sich in einem Nähraum, in dem ein Dutzend Frauen mit großer Ernsthaftigkeit ihrer Arbeit nachging. Da alle durch Medikamente »gedämpft« waren, wie sich der Oberarzt ausdrückte, machte die Langsamkeit der Patientinnen den falschen Eindruck von Ungeschicktheit und Überanstrengung. Jetzt kicherten einige Frauen, und der Oberarzt, der überall sogleich als Autorität betrachtet wurde, sperrte die nächste Türe auf und zu. In einem Aufenthaltsraum lief ein Fernseher mit dem Kinderprogramm. Der Untersuchungsrichter fühlte, wie der süßliche Krankenhausgeruch seine Kehle zusammenschnürte. Der ganze Pavillon vermittelte ihm den Eindruck von Trauer, Melancholie und Tagträumen. Er kam sich schuldig vor wie anfangs, wenn er in seinem Büro mit einem Verhafteten gesprochen hatte. Er wußte, daß sein Eindruck nicht stimmte, und doch schien es ihm, als wiesen ihn die Kranken darauf hin, daß es noch etwas Wichtigeres gab als die Außenwelt. Gleichzeitig aber leuchtete ihm das ein, gerade er war oft genug einem Verdächtigen bei einem Verhör die labyrinthischen Wege in sein Inneres gefolgt und hatte doch daran gezweifelt, ob er sich nicht zu sehr mit Äußerlichkeiten beschäftigte. Weshalb wünschte er mit so großem Eifer den Mordfall an dem Pensionistenehepaar aufzuklären? War es persönlicher Ehrgeiz? Die Neugierde, dem Täter gegenüberzustehen? Der Wunsch, das Geschehen aus der Unheimlichkeit in die helle Welt des Verstandes zu versetzen? Ging er sonst seiner Arbeit unbeteiligter nach, indem ein äußerer Vorfall den anderen bloß auslöste oder absetzte?... Als er am Anfang seines Berufsweges gestanden war, hatten ihn die Äußerlichkeiten überwältigt: Die Opfer und Täter hatten ihn, ohne daß er es sich zugegeben hätte oder hatte anmerken lassen, verwirrt, aber dann war er ganz unvermittelt zu einer inneren Schau der Dinge gekommen: Eines Tages war er einem Menschen gegenübergesessen, der einen Nachtbummler erschlagen und beraubt und ihm nicht den gewohnten Eindruck von Stumpfheit und Beschränktheit gemacht hatte, sondern von dem so etwas wie eine geistige Anziehungskraft ausgegangen war. Der Untersuchungsrichter hatte sich im Laufe des Verhöres eingestehen müssen, daß der Mann ihm überlegen gewesen war. Das war eine wunderliche Entdeckung gewesen, die sich nie mehr wiederholt hatte. Er glaubte auch, sich in dem einen Fall, in dem es doch geschehen war, so beherrscht zu haben, daß der andere nicht den Eindruck bekommen konnte, er habe den Untersuchungsrichter erschüttert. Und doch waren Sonnenberg von da ab Zweifel gekommen, es liege nicht nur an seinem Verhalten, daß er auf der richtigen Seite des Schreibtisches saß. Mitunter kam ihm dieser Gedanke mitten in einem Verhör und schwächte ihn...

Der Oberarzt öffnete mehrere Einzelzimmer, in denen Patientinnen schliefen.

»Besitzen die *Gefangenen* eigene Kleidung?« hörte sich der Untersuchungsrichter zu seinem eigenem Erstaunen fragen.

Der Oberarzt blickte ihn erschrocken an. Sofort war sich der Untersuchungsrichter bewußt, daß er das ei-

ne Wort ausgesprochen hatte, das er nicht hätte aussprechen dürfen. Aber er hielt es für besser, nichts zu erklären und ein gleichgültiges Gesicht zu machen.
Der Oberarzt schwieg und wies auf einige Patientinnen im Gang, die mit geblümten Blusen bekleidet waren, aber er schien die Lust verloren zu haben, Sonnenberg sein Reich zu zeigen. Er nahm trotzig, wie es dem Untersuchungsrichter schien, den Schlüsselbund aus der Tasche seines weißen Mantels und sperrte die Tür zum Stiegenhaus auf. Dann schritt er vor Sonnenberg ins Freie, wo jetzt feine Schneeflocken fielen. Nachdem sie einige Schritte stumm nebeneinander gegangen waren, schien der Oberarzt seine Fassung wiedergewonnen zu haben, denn er begann neuerlich von seinem schweigenden Patienten zu sprechen. Zwischendurch schweifte er ab, wies auf einzelne Gebäude und erklärte, um welche es sich handelte. Einmal zeigte er auf ein weißes Haus mit vergitterten Fenstern, das ansonsten einer Schule ähnelte, und erläuterte, es sei der Pavillon für »geistig abnorme Rechtsbrecher«. Er zählte rasch einige Insassen auf, die durch besonders grausame Verbrechen bekannt geworden waren und von denen einer mit dem Untersuchungsrichter zu tun gehabt hatte. Sonnenberg dachte an den Mann, wie er ihm gegenüber gesessen war, und an die Bizarrerien seiner Ausdrucksweise und Erklärungen, die er zu seinem Schrecken aber verstanden hatte. Sonnenberg hatte verstanden, daß ein Mensch aus dem Nichts eine Anweisung zum Töten erhalten konnte und sie eines Tages ausführte und daß es eine Geringfügigkeit

war, die diese Tat auslöste: ein Knopf, ein Wort, ein dunkler Korridor hinter einer geöffneten Tür. Es gab Menschen, die von der Gewalt, wie die Kompaßnadel von einem Magnetberg, angezogen wurden und die irgendwann blitzartig dem Wunsch nachgaben, sich mit dieser Kraft zu vermählen. Der Akt des Mordes, dachte der Untersuchungsrichter, stellt im Augenblick der Tat für das Opfer einen Zerstörungsvorgang, für den Täter aber den Versuch dar, seine Gedanken mit der Tat, das heißt den geheimen Befehl mit dem Widerstand zu versöhnen. So besehen gab es keine Schuld, die mit Paragraphen bezeichnet werden konnte, und Sonnenberg betrachtete auch die Gefängnisse und Irrenhäuser weniger als sadistische Auswüchse einer Gesellschaft, sondern vielmehr als den Ausdruck hilfloser und gewohnter Notwehr. Das schien ihm gleichzeitig die Tragödie zu sein, die damit verbunden war. (Sonnenberg mußte täglich handeln. Sein Beruf gestattete es ihm nicht, die Dinge aus der Entfernung zu betrachten und zu sezieren, er stand im Leben, wie ein Stein in einem Bachbett liegt, und mußte versuchen, Urteile zu finden. Er konnte sie nicht auf einen späteren Zeitpunkt verschieben, er konnte auch nicht die Kette von Gesetzlichkeiten durchbrechen, es war ihm nur möglich, in seinem Inneren ein Urteil zu bilden und dieses mit den gegebenen Gesetzen abzustimmen. Es war ihm auch nicht gestattet, die Summe dieser Gesetze und was sie wollten anzuzweifeln, ohne daß es für ihn das Ende seines bisherigen Lebens bedeutet hätte. Er sah aber seine Lage tausendfach wiederholt im Leben anderer und hatte Augenblicke, in denen er eine geheime Richtigkeit darin zu erkennen glaubte. Diese Freiheit, von der er mitunter träumte, war sie möglich? War sie ein Anfang oder ein Ende? Natürlich litt er andererseits unter dem Gehorsam, der ihm stillschweigend abverlangt wurde, der scheinbaren Unveränderbarkeit der Dinge, Rückschlägen, seiner Ohnmacht, die sich ihm immer wieder in winzigen alltäglichen Wendungen zeigte, aber er lebte, und er lebte gerne.)

Sie schritten nun an der Anstaltskirche vorbei, und Sonnenberg stellte fest, daß er den Ausführungen des Oberarztes einige Zeit nicht gefolgt war. Aber der Oberarzt schien Sonnenbergs Geistesabwesenheit nicht bemerkt zu haben, er legte noch immer weitschweifig die Symptome jugendlichen »Irrsinns« dar, wie er sich ausdrückte, und schien mit seinen eigenen Ausführungen zufrieden zu sein. Ohne weitere Erzählung stieg er die lange Freitreppe zur Jugendstilkirche hinauf, deren Kuppeldach weißgold schimmerte. Die Stiegen waren zugeschneit und glatt und zum Teil von Federn und Kot beschmutzt.

»Von den Krähen«, sagte der Oberarzt jetzt, als er die Blicke des Untersuchungsrichters bemerkte. »Die Anstalt ist, müssen Sie wissen, der Krähenschlafplatz der Stadt. Seit ich hier als Assistenzarzt begonnen habe, gab es schon diese Vögel. Jeden Abend im Winter lassen sie sich auf die Bäume nieder und kreisen in riesigen Zügen auf dem Nachthimmel. Es müssen zehntausend, hunderttausend sein, die mitunter zwanzig Kilometer weit anfliegen. Sie kommen im Winter aus dem Osten und dem Norden und bilden riesige Schwärme.«

Der Untersuchungsrichter dachte an die vielen Krähen, die die Hauptstadt im Winter überschwemmten und tagsüber in den Parks und Gärten nach Futter suchten. Manchmal kamen sie ihm wie ein Symbol des Todes vor, aber dann wieder sah er in ihnen so etwas wie Gedankenschwärme, fliegende Ideen, Einfälle, manchmal schienen sie ihm ein Gelächter zu sein, dann wiederum schläfrige Niedergeschlagenheit. Er beobachtete in seiner Freizeit Vögel. Als Student hatte er eine Amsel gefunden und sie mit zerschnittenem Rinderherz, Magertopfen und geriebenen Eischalen aufgezogen. Einige Wochen lang hatte er sein Studium an der Universität vernachlässigt, und doch hatte sich das Tier einen Flügel gebrochen und war dann von einem Tierarzt mit Leukoplaststreifen umwickelt worden, der den gebrochenen Knochen ruhigstellte. Die Amsel hatte ausgesehen wie in einer Zwangsjacke, war aber trotzdem lebhaft in ihrem Zimmer herumgehüpft und hatte den Fußboden, das Bett und den Teppich mit weißen Kotflekken beschmutzt, die Sonnenberg in Anfällen leichter Verzweiflung stündlich aufgewischt hatte.
Hinter der von Schnee umgebenen Kirche, die sie jetzt erreichten, standen hohe Latschen, Föhren und Fichten, in denen der Wind rauschte. Es hatte aufgehört zu schneien. Unter ihnen lag der Lärm der Stadt. Aus der Kirche trat ein etwa fünfzigjähriger Patient im Mantel, mit einer blauen Wollmütze auf dem Kopf, der eine Puppe im Arm hielt und, seine Wange an sie gepreßt, begann, die Treppen hinunterzusteigen. Ein großes, handgeschriebenes Plakat an der Eingangstür der Kirche kündigte für den nächsten Sonntag

eine Orgelmeditation an. Sie warfen nur einen kurzen Blick in das helle, weiße und goldene Gebäude mit den braunen Bänken, die leer waren, dann folgten sie dem Patienten mit der Puppe die Treppen hinunter, am Heizhaus und dem Schweinestall vorbei bis zum Aufnahmepavillon, wo sie ihn aus den Augen verloren. Der Oberarzt läutete an einer versperrten Tür, und sie betraten einen hohen Raum, mit großen Fenstern, in dem weitere Patienten hockten. Ununterbrochen wurden Türen von jungen, weißgekleideten Pflegern auf- und zugesperrt; eine führte in ein Untersuchungszimmer, eine andere in ein Bad, in die Stationsküche, einen Schwesternraum oder einen durch Trennwände unterteilten Schlafraum, wie der Oberarzt erklärte. Die Wände waren mit unbeholfenen Zeichnungen von Patienten geschmückt, ein Radio lief. Man führte den Untersuchungsrichter in einen Ordinationsraum, wo ihn eine Ärztin erwartete. Sonnenberg hatte zuerst – er wußte nicht warum – den Eindruck, daß die Frau ihn mißtrauisch musterte. Er war geübt im Erkennen von Argwohn, obwohl er nicht sagen konnte, daß er sich das angewöhnt hatte. Üblicherweise arbeiteten sich die Ämter in die Hände, jeder Beamte, wie um sich die Rechtmäßigkeit seiner eigenen Tätigkeit zu bestätigen. Es bestand mitunter sogar eine übertriebene Hilfsbereitschaft, obwohl auf höherer Ebene gegenseitige Verachtung herrschte. Staatsanwälte und Richter mißtrauten und belächelten Nervenärzte und Psychologen, während die Nervenärzte und Psychologen in den Juristen nicht selten nur einfältige Erfüllungsgehilfen des Staates sahen. Es war aber unge-

wöhnlich, daß man Mißtrauen offen zeigte, zumeist versteckte man es unter einer übergroßen Höflichkeit, die Distanz erzeugen sollte.
Der Oberarzt, dem das offene Mißtrauen ebenfalls nicht entgangen war, stellte den Untersuchungsrichter vor und verlangte ohne Umschweife den Patienten zu sehen.
Das sei nicht möglich, antwortete die Ärztin, er schlafe.
»Dann wecken Sie ihn«, erwiderte der Oberarzt trocken.
Die Ärztin zögerte einen Augenblick, erhob sich aber und ging ihnen voran in einen dämmrigen Krankensaal, in dem die Jalousien halb geschlossen waren. Alle Betten waren leer bis auf eines. Sonnenberg hielt an, ließ die Ärztin den Kranken aufwecken und wartete, bis sie mit dem Oberarzt den Saal verlassen hatte.
Ein schlaftrunkener, schlanker und blasser junger Mann saß ihm mit zerstrubbelten Haaren gegenüber und betrachtete erstaunt seinen Besuch. Der Untersuchungsrichter nahm sich einen Stuhl, setzte sich und stellte sich vor.
Augenblicklich verschwand die Neugierde in den Augen des jungen Mannes. Sein Blick schien sich auf einen bestimmten Punkt seiner Decke zu richten. Sonnenberg betrachtete ihn genauer. Er hatte feine, fast kindliche Gesichtszüge, dunkles Haar, einen sinnlichen Mund und abstehende Ohren. Seine Finger auf der Decke waren lang und feingliedrig und bewegten sich langsam, fast mühsam, wie es dem Untersuchungsrichter schien.

»Wollen Sie mir einige Fragen beantworten?« fragte Sonnenberg.
Der Kranke antwortete nicht, auch sein Gesicht zeigte keine Regung.
»Ich wäre Ihnen verbunden, wenn Sie mit dem Kopf nickten oder ihn schüttelten ... wollen Sie das?«
Im Gesicht des Kranken war kein Interesse zu erkennen. Er blickte auf die Decke, streifte diese glatt und bewegte die Finger. Sonnenberg dachte nach. Auf dem Nachtkästchen lagen einige beschriebene Papiere.
»Haben Sie etwas dagegen, wenn ich sie lese?« fragte er. Da der junge Mann schwieg, nahm er sie in die Hände.
Sonnenberg ließ sich Zeit. Er las sorgsam jedes Wort, um einen Schluß daraus ziehen zu können, währenddessen aber rührte sich der Patient nicht. Er hob nicht einmal seinen Kopf, als ginge ihn alles nichts an.
Nachdem Sonnenberg geendet hatte, legte er die Papiere sorgsam auf das Nachtkästchen zurück und räusperte sich.
»Und Ihre Antworten aufschreiben wollen Sie auch nicht?«
Sonnenberg sah, daß dem Kranken ein feiner Bartflaum über den Lippen wuchs und seine Fingernägel weiße Flecken aufwiesen. Und wieder fiel ihm ein Kindergedicht ein, das er vor mehr als dreißig Jahren gelernt hatte. Er wußte nicht warum, aber er sprach es laut aus:
»Ich sah einen Fischteich in Flammen stehen, ich sah ein Schloß zum Edelmann gehen, ich sah einen Ballon aus Blei auffliegen, ich sah einen Sarg tot auf

der Straße liegen, ich sah zwei Spatzen beim Pferderennen mitlaufen, ich sah zwei Pferde Schleifen binden und Schlaufen –«
Bei diesen Worten hob der junge Mann seinen Kopf.
Sonnenberg aber fuhr fort: »Ich sah ein Mädchen, das eine Katze war, ich sah ein Kätzchen mit einem Hut auf dem Haar, ich sah einen Mann, der das auch alles sah. Und sagte, sehr sonderbar zwar, aber wahr.«
Der Kranke ließ seinen Kopf wieder sinken und kümmerte sich nicht mehr um den Untersuchungsrichter. Schweigend verharrten sie, bis der Untersuchungsrichter fühlte, daß es zwecklos war.
Draußen war es dunkel geworden. Als erstes hörte Sonnenberg das Krächzen der Krähen. Als man die Eingangstür hinter ihm versperrte, hob er den Kopf und sah, daß der Himmel von Krähen, die in der nachtblauen Luft kreisten, bedeckt war. Immer wieder setzten sich Schwärme auf die laublosen Bäume, um von dort aufzufliegen, sobald der Untersuchungsrichter in ihre Nähe kam. Neben dem lauten Geschrei der Krähen vernahm Sonnenberg nur die Geräusche des hartgefrorenen Kiesweges unter seinen Füßen. Er ging und starrte auf das kreisende Vogellabyrinth über seinem Kopf, ihm war, als falle eine Wolke riesiger, schwarzer Heuschrecken aus biblischen Zeiten über die Pavillons her oder als flögen Tausende und Abertausende bizarre und traurige Gedanken aus den Pavillons zum Himmel. Er blieb stehen und spürte, wie ihm schwindlig wurde, aber er konnte seinen Blick nicht abwenden. Diese Vögel,

so war ihm, zogen ihn an. Sie öffneten ihm die Möglichkeit, nicht mehr weitergehen zu müssen. Wenn er wollte, konnte er stürzen. Ihm fiel ein Film ein, in dem Tintenfischschwärme bei der Paarung zu sehen gewesen waren, und später ein Aufenthalt auf dem Land, wo er Ameisen, die aus den Ritzen einer Stiege gekrochen waren, beim Schwärmen beobachtet hatte. Als er sich dem Ausgang des Steinhofes näherte, lösten sich die Krähenschwärme rasch auf, und beim Überqueren der Straße lagen die Schreie der Vögel weit zurück, wie eine dumpfe echolose Erinnerung. Sonnenberg blickte auf die Uhr. Seine Dienstzeit war erst in einer Stunde zu Ende, aber entgegen seiner sonstigen Gewohnheit, beschloß er, sein Büro nicht mehr aufzusuchen. Er hatte die Absicht, in sein Caféhaus zu gehen, in dem sich ein Schachverein an jedem Mittwochabend traf, und wo er, wenn er wollte, bis in die Nacht Gesellschaft finden konnte. Er setzte sich in den Bus und dachte an den jugendlichen Kranken. Etwas wie ein Gefühl der Hilflosigkeit stellte sich gleichzeitig ein, und er fragte sich, ob es überhaupt vonnöten war festzustellen, wer der Unbekannte war. Sicher hätte er im Laufe der letzten vier Wochen die Möglichkeit gehabt, seine Herkunft aufzuklären, wenn er es gewollt hätte. Aber obwohl er einen kleinen Stapel Papier beschrieben hatte, hatte er jeden Hinweis vermieden. Andererseits war es gewiß nur eine Frage der Zeit, bis man herausbekam, wer er war. Und dann? –

Seit Sonnenberg mit seinem Studium begonnen hatte, hatte er sich mit Entdeckern und Forschungsreisenden befaßt und von da an eine Menge Bücher darüber gelesen. Jetzt fielen ihm, vermutlich aufgrund der Ereignisse, gleich zwei Dinge ein, das eine war ein Abschnitt aus dem Bericht John Hanning Spekes, der im vorigen Jahrhundert, zwei Jahre vor seinem Tod, den Ursprung des Nil im Abfluß des Victoria-Sees nachgewiesen hatte. Sonnenberg erinnerte sich, daß Speke von tosenden Wasserfällen berichtet hatte, aus denen, wie der Untersuchungsrichter noch wußte, wandernde Fische versucht hatten, zu Tausenden herauszuspringen. Ringsum hatte er grasbedeckte Berge gesehen mit Gärten an den Abhängen und Bäumen in den Tälern. »Das Ziel unserer Reise war erreicht«, hatte der Bericht geendet. »Ich sah, daß der Nil aus dem Nyanza Victoria entsprang und daß dieser See, wie ich es vorhersagte, des heiligen Flusses große Quelle ist.« Bei der Erinnerung an diese Worte hielt der Untersuchungsrichter an. Er blickte in die Gesichter der Fahrgäste, mit welchen ihn der Zufall zusammengeführt hatte. Manchmal kam er über eines der Gesichter ins Phantasieren, und er stellte sich vor, den betreffenden Menschen zu kennen und malte sich dessen Lebensumstände aus. Es kam ihm absurd vor, daß die Fahrgäste einander nicht kannten und daß ein unsichtbares Gesetz über ihnen stand, das verhinderte, daß sie sich kennenlernen würden. Schon der Ausdruck der Gesichter besagte, daß jedermann dieses Gesetz befolgte. Es bestand kein Zweifel darüber. Nein, die Gesichter waren nicht abwesend, sondern abweisend, aber nicht deshalb, weil man kcine »Belästigung« wünschte, sondern weil man zu verstehen gab, daß man eine

Ordnung befolgte. Im Dienste dieser Ordnung stand letztendlich er selbst. Diese Selbstbezichtigung ließ Sonnenberg unruhig werden. Was war der zweite Einfall gewesen, der sich »mit des heiligen Flusses großer Quelle« verbunden hatte? Es war Eduard Vogel, ein deutscher Afrikaforscher, gewesen. Vogel war an der Londoner Sternwarte beschäftigt, als er von der britischen Regierung beauftragt wurde, nach dem verschollenen und bereits tot gemeldeten Heinrich Barth zu forschen. Barth hatte nach einer sechsjährigen Expedition zusammen mit dem Engländer James Richardson in den Sudan, die die Abschaffung des Sklavenhandels und die Anknüpfung von Handelsverbindungen zum Zweck gehabt hatte, eine deutsch-englische Sammlung und Bearbeitung zentralafrikanischer Vokabularien verfaßt. Vogel brach von Tripolis nach Süden auf und traf – ein geradezu unglaublicher Zufall – in den Urwäldern mit Barth zusammen. »Inmitten der ungastlichen Waldung«, hatte Barth das Zusammentreffen beschrieben, »stiegen wir vom Pferde und setzten uns nieder... Seit länger als zwei Jahren hatte ich kein deutsches Wort oder überhaupt europäisches Wort gehört, und es war ein unendlicher Genuß für mich, mich wieder einmal in der heimatlichen Sprache unterhalten zu können... Nach einer etwa zweistündigen Unterhaltung mußten wir uns wieder trennen.« Was den Untersuchungsrichter immer aufs neue verwunderte, war, daß seit diesen Ereignissen nicht viel mehr als hundert Jahre vergangen waren. Damals war sein Großvater geboren worden, der noch als alter Mann bei Sonnenbergs Promotion zugegen gewesen war.

Die geographische Welt war zu seiner Zeit noch geheimnisvoll und rätselhaft gewesen. Das müßte das Denken erleichtert haben, dachte Sonnenberg und zweifelte sogleich daran. Vielleicht war es mitunter schöner gewesen zu denken. Jedenfalls war Eduard Vogel nach dem Zusammentreffen mit Barth nach Wara, der Hauptstadt des Sultanats Wadai im Nordosten des Tschadsees, gelangt. Dort hatte er durch sein auffälliges Verhalten und seine Neugier solches Aufsehen erregt, daß man ihn als Spion verdächtigte. Wie spätere Nachforschungen ergaben, wurde er auf Befehl des Sultans hinterrücks ermordet. Zuerst fiel Sonnenberg auf, daß er »hinterrücks« gedacht hatte, dann aber fragte er sich, was hinter seinen Einfällen und Erinnerungen steckte. Er war nicht auf eine psychoanalytische Erklärung aus, die allzuleicht möglich gewesen wäre, er vermutete im Gegenteil, daß in seinen Gedanken eine Botschaft enthalten war. Schon seit langem war er überzeugt, daß es solche Botschaften gab. Im Grunde genommen war vermutlich alles eine Botschaft, aber das hätte er im Alltag wohl kaum nachvollziehen können. Jedesmal, wenn er versucht hatte, bestimmte Ereignisse und Gedanken zu untersuchen, war er darauf gestoßen, daß sein Lebenssinn vermutlich im Entziffern von Zufällen lag, die keine waren. Irgend etwas sprach zu ihm. Es zeigte ihm etwas an, machte ihn krank, ließ ihn leiden. Je mehr er sich dagegen wehrte, desto tiefer verstrickte er sich ins Unheil. Er glaubte, daß er lernen mußte, die Ereignisse und Gedanken als ein Geflecht eines sinnvollen Ganzen zu erkennen, und die Erlösung bestand möglicherweise im Erkennen der

Musterung dieses Lebensstoffes, der ihn umhüllte. Aber die Enträtselung der Botschaften schien ihm nicht über den Willen möglich, auch nicht über das logische Denken. Mit Sicherheit würde er seinen Verstand dazu brauchen, aber in der Weise, daß er den Verstand gegen den Verstand selbst richtete. Vor allem kam es darauf an, Erinnerungen miteinander zu vergleichen. Es gab Erinnerungen, die nichts mit neuen Begebenheiten zu tun hatten, aber zu ihnen paßten. Sie standen in einer geheimnisvollen Verbindung mit ihnen und konnten sie dechiffrieren. Der Schlüssel lag stets im eigenen Leben. Er war schuldig geworden und hatte zu leiden. Längst hatte er vergessen, daß er jemandem einen Schmerz zugefügt hatte, und nun litt er, ohne zu wissen, warum es gerade ihn getroffen hatte oder er litt so stark, daß er gar nicht über die Ursache nachdenken konnte. Natürlich war Sonnenberg sich im klaren, daß seine Überlegungen als Unsinn bezeichnet würden. Er sprach sie auch nicht aus. Aber etwas sagte ihm, daß alle Menschen von »unsinnigen« Gedanken geleitet wurden, mit denen sie für sich allein lebten. Er stieg aus dem Bus und ging das letzte Stück zu Fuß. Er suchte häufig das Café hinter dem Parlamentsgebäude auf, weil es in der Nähe seiner Wohnung lag und er sich dort wohl fühlte. Mit den Schachspielern hatte er mitunter ein Gespräch geführt, manchmal folgte er einem Spiel, es kam jedoch nur selten vor, daß er selbst spielte. Er hielt sich nur für einen mittelmäßigen Spieler, und es bereitete ihm einen größeren Genuß zu »kiebitzen«, denn er verlor rasch die Geduld, wenn ein Gegner zu lange nachdachte oder zu sehr auf Abwarten spielte. Das stand ganz im Gegensatz zu seinem Berufsleben. Bei Verhören sagte man ihm eine geradezu grenzenlose Geduld nach, aber, was Menschen betraf, konnte er sich in Sätze verbeißen und in Redewendungen, konnte Gesten und Verhaltensweisen wieder und wieder umdrehen und untersuchen und seinen Standpunkt wechseln, bis er glaubte, das Puzzlespiel, das eine Untersuchung oft war, richtig zusammensetzen zu können. Seine Kollegen hatten dabei von »Durchkauen« gesprochen, aber für ihn war es niemals ein mechanischer Vorgang gewesen, sondern die eigentliche Sache. Immer wieder nahm er, um etwas erkennen zu können, sich selbst als Ausgangspunkt seiner Gedanken und war oft genug damit in die Irre geleitet worden. Es stellte sich im nachhinein heraus, daß Menschen anders dachten als er (was er zwar wußte, ihn aber immer wieder überraschte, ja ihn zweifeln ließ, ob sie sich nur verstellten) oder daß er noch nicht gewußt hatte, wie er selbst wirklich dachte und war. Aus den großen Fenstern des Cafés fiel das elektrische Licht und ließ ihn an ein Glas kalten Weißwein denken, das er für gewöhnlich bestellte. Als er beim Eintreten das Zusammenstoßen der Billardkugeln hörte, bekam er jedoch Lust auf einen Schnapstee, und zu seiner Freude war der Fensterplatz in der hinteren Ecke des U-förmigen Cafés (der Platz, an dem er am liebsten saß) frei. Ein beständiges Gemurmel lag in der Luft, aus dem keine einzelnen Sätze und Worte zu verstehen waren, und versickerte in der roten Polsterung der Sitzbänke. Von den braunen Stühlen ging die Atmosphäre von Zigarettenrauch

und Kaffee aus, ebenso wie von den Marmorplatten der Tischchen, den Tabletts aus Chrom, auf denen Wassergläser und Tassen herbeigeschafft wurden, und von den runden Kleiderständern.
Immer begrüßten ihn die Ober freundlich und zurückhaltend, wie man es erwartete. Man wollte erkannt, aber nicht belästigt werden. Sonnenberg hatte seinen Mantel ausgezogen und eine Zigarette angezündet. Rechts von ihm spielte ein dicker Amtsrat mit einem Pensionisten, ihm gegenüber begann ein Dozent für Römisches Recht das Spiel mit einem jungen Mann mit dicken Augengläsern und unruhigen Bewegungen. Sonnenberg kannte den jungen Mann nicht, er schloß aus der Gewohnheit des Dozenten, sich Schachspieler von der Universität mitzubringen, daß es sich um einen Studenten handelte. Der Dozent war ein leidenschaftlicher Schachspieler. Der Untersuchungsrichter hatte einige Male mit ihm gespielt, jedoch jedesmal verloren, weshalb beide rasch das Interesse aneinander verloren hatten.
Sonnenberg erhielt seinen Tee und trank einen Schluck, ohne einen Blick von den Spielern abzuwenden. Rasch hatten der Dozent und der Student das Spiel eröffnet, nun aber war das automatische Ziehen der Figuren von einer Denkpause abgelöst worden. Der Untersuchungsrichter betrachtete die beiden näher, das heißt, der Dozent beschäftigte ihn nicht weiter, denn Sonnenberg hatte ihn schon häufig beobachtet, er hätte seine blonden Haare, durch die die Kopfhaut zu sehen war, die Hornbrille, den verkniffenen blassen Mund, die vollen Backen und den Hautsack unter dem Kinn aus dem Gedächtnis

beschreiben können, der andere aber war neu für ihn. Er hatte kein ausgesprochen städtisches Gesicht. Sonnenberg vermutete vielmehr, daß er vom Land kam. Aber er hatte sich mit Gewißheit rasch akklimatisiert, das verriet die Unbefangenheit, mit der er sich bewegte. Auch schien er sich gut konzentrieren zu können, denn er beachtete seine Umwelt nicht, sondern war gefangen von den Figuren und quadratischen Feldern, zu denen er sich hinunterbeugte. Allerdings stützte er jetzt beide Ellenbogen auf und hielt seinen Kopf zwischen den Händen, wie um sich die Ohren zuzuhalten. Rasch führte er einen Zug mit dem Springer aus, wobei alle seine Bewegungen etwas Entschlossenes hatten. Der Dozent hingegen ließ sich das Zaudern schon an der Bewegung seiner Hände anmerken. Daumen, Zeige- und Mittelfinger der Rechten streckten sich, während der Ringfinger und der kleine Finger sich zurückzogen. Dann trafen sich die drei Finger an den Spitzen und bildeten so eine Schattenspielfigur.

Eine Weile verharrte die Hand in der Luft, dann öffneten sich die drei Finger wieder wie Blumenblätter und zogen sich überraschenderweise in die Faust zurück. Plötzlich aber schoß die Hand nach vorne, nahm eine Figur, es war ein Läufer, und hielt sie über dem Brett.

»Einen Augenblick, Herr Jenner«, rief der Dozent hastig, wie um ungeschehen zu machen, daß er den Läufer bereits berührt hatte und mit ihm einen Zug machen mußte. Trotzdem stellte der Dozent den Läufer zurück und fügte erklärend hin: »Ich werde mit dem Läufer ziehen... warten Sie... ich werde

aber nicht den Zug machen, auf den Sie gewartet haben.«
Der andere, den der Dozent mit »Herr Jenner« angesprochen hatte, veränderte jetzt seine Körperhaltung und stützte sich auf den linken Unterarm, während er beim vorbeieilenden Kellner eine Melange bestellte.
Der Untersuchungsrichter trank einen Schluck und dachte an den nächsten Tag. Obwohl er sich wünschte, daß der Mordfall rasch gelöst würde, verursachte ihm der Gedanke an seine Arbeit schlechte Laune. Das war nicht immer der Fall. Aber der Untersuchungsrichter war der Überzeugung, daß der Doppelmord nur durch einen Zufall geklärt werden konnte. Es hing vermutlich damit zusammen, daß die Überprüfungen genau durchgeführt werden mußten. Der Täter würde sich, davon war Sonnenberg weniger überzeugt als er es hoffte, in dem dichten Netz, das über die fraglichen Minuten geworfen würde, fangen oder sich im Zusammenhang mit einem anderen Fall, den man ihm nachweisen konnte, verraten. Diesmal hatte er es, empfand der Untersuchungsrichter, mit einem unberechenbaren Gegner zu tun. Alles wies darauf hin.
Im selben Augenblick sprach ihn ein Schuhverkäufer, mit dem er bereits einmal gespielt hatte, an, ob er eine »Partie wünsche«. Der Schuhverkäufer hieß Weiß und arbeitete in einem vornehmen Geschäft in der Innenstadt. Weiß war ein trauriger, fünfzigjähriger Mann, dem vor ein paar Jahren seine Frau gestorben war und der sich seither mit dem Schachspiel ablenkte. Er war pyknisch und trug einen dichten

Schnurrbart, der ihn eher wie einer der melancholischen griechischen Wirte aussehen ließ, von denen es einige in der Stadt gab. Da Sonnenberg von der Aussicht, nach Hause zu gehen und an den kommenden Arbeitstag zu denken, wenig angetan war, stimmte er zu. Während er noch die Bauern aufstellte, fiel dem Studenten am Nebentisch eine Figur zu Boden, und Sonnenberg bückte sich automatisch, um sie aufzuheben. Aber der andere war schneller gewesen und ihm zuvorgekommen. Für einen Augenblick sah Sonnenberg dem Fremden in das Gesicht. Es war ein junges Gesicht, das jetzt freundlich lächelte. Wieder fiel Sonnenberg das Gesetz des »Unbekannt-bleiben-Müssens« ein, das er im Bus so stark gespürt hatte. Was hinderte den Studenten und ihn daran, sich mit dieser einen Handbewegung schon nahe genug gekommen zu sein, um wie selbstverständlich miteinander zu reden? Der Blick in die Augen des jungen Mannes hatte ihm wache Intelligenz verraten, wenngleich der Ausdruck sicher noch vom Spiel stammte. Gleichzeitig aber hatte sich der junge Mann schon wieder in das Spiel vertieft und der Untersuchungsrichter begonnen, seine Figuren aufzustellen. Die ganze Zeit über beim Spiel dachte er dann an die verlassene Wohnung des Schuhverkäufers und dessen Einsamkeit, dabei fiel es ihm zuerst gar nicht auf, daß er nicht weniger einsam war. Er hatte sich nicht entschließen können zu heiraten und war Junggeselle geblieben. Natürlich hatte es Frauen in seinem Leben gegeben, zwei von ihnen sogar über eine Zeit von mehreren Jahren hinweg, aber Sonnenbergs Verschlossenheit hatte seinen Bezie-

hungen zuletzt immer geschadet. Er überlegte, wie es sein würde, wenn eine Frau und Kinder zu Hause auf ihn warteten, er hatte sich diese Frage schon öfters gestellt und war manchmal froh darüber gewesen, allein zu sein, zumeist aber hatte er es doch bedauert. Am Wochenende würde er sich mit einer Sekretärin aus dem Gericht treffen, aber er konnte nichts an sich erkennen, das ihm sagte, er sei verliebt. Zunächst war es eher Neugierde, wenngleich er nicht vorhatte, von Anfang an den Erfahrenen zu spielen und auf ein Abenteuer aus zu sein. Er vertiefte sich mehr in das Spiel und stellte fest, daß es nicht gut um seine Figuren stand. Wenn er die Partie noch gewinnen wollte, mußte er sorgfältiger spielen. Langsam gelang es ihm, seine Gedanken in die gewünschte Richtung zu lenken, und bald darauf vergaß er, was um ihn vorging.
Auf dem Heimweg, nach einigen Schnapstees, beschloß er, vor dem Schlafen noch in der Biographie des Forschungsreisenden Henry Walter Bates zu lesen. Bates war aus Liebhaberei Entomologe gewesen und hatte seinen Freund Alfred Wallace zum Mündungsgebiet des Amazonas in Nordbrasilien begleitet. Ihre Expedition wollten beide mit dem Fang und Verkauf seltener Insekten finanzieren. Wallace kehrte bereits vier Jahre später nach England zurück, verlor auf der Rückreise nach England aber seine gesamte botanische und zoologische Sammlung und einen großen Teil seiner Aufzeichnungen durch eine Brandkatastrophe an Bord. Bates aber erforschte trotz Erkrankungen weitere sieben Jahre das Stromgebiet des Amazonas. So lange, hieß es, hatte es bis

zu diesem Zeitpunkt noch kein Weißer in der »grünen Hölle« ausgehalten.
Bates versuchte auch, wußte der Untersuchungsrichter, den Lauf der Amazonas-Zuflüsse zu fixieren, und sammelte unermüdlich Insekten, Vögel und Pflanzen. Er brachte mehr als 10000 zoologische und botanische Belege mit, von denen die Hälfte der Arten der Wissenschaft bis dahin unbekannt waren. In Amazonien entdeckte er – und das hatte ihn für Sonnenberg so anziehend gemacht – an Schmetterlingen das Phänomen der nach ihm benannten Batesschen Mimikry, was soviel heißt wie die täuschende Nachahmung ungenießbarer oder wehrhafter Tiere durch harmlose Arten. Sonnenberg freute sich, als er die Haustüre aufsperrte, auf die farbigen Bilder in dem Buch, die er beim raschen Durchblättern gesehen hatte. Als er die Tür wieder hinter sich abschloß und einen Augenblick in der Dunkelheit stand, überlegte er, was geschehen würde, wenn er, gerade bevor er noch das Minutenlicht gedrückt haben würde, sterben würde. Er sah sich auf dem Boden liegen und stellte sich vor, wie die Hausmeisterin am nächsten Tag die Tür aufsperrte und ihn fände. Sein Tod würde nichts Besonderes zur Folge haben, dachte er, im allgemeinen Trubel des Alltags würde er nicht einmal Aufsehen erregen.

4. Kapitel

Ein kurzer Prozeß

1

Die Verhandlung gegen den Arbeitslosen Friedrich Brandstetter wurde am 23. April eröffnet. Der Richter, ein aufstrebender, 35jähriger Jurist, war entschlossen, den Prozeß in einem Tag zu Ende zu bringen, wie ihm empfohlen worden war. Als er die Schnur aufknüpfte, die die Akten zusammenhielt, warf er einen kurzen Blick auf den Angeklagten. Er war davon überzeugt, niemals in eine solche Lage zu kommen wie die Mörder, Diebe, Hehler, Räuber, kurz, das »Gesindel«, das das Gerichtsgebäude bevölkerte. Links vor dem Richtertisch, in einer Nische aus braunem Holz, saß der Staatsanwalt, rechts der Verteidiger hinter dem Angeklagten; die acht Geschworenen warteten auf Bänken an einem eigenen Platz auf der linken Seite. Von den Menschen und Möbeln, den Gardinen und Wänden gingen jene Trostlosigkeit und Nüchternheit aus, die jede Hoffnung sofort im Keim erstickten. Jenner befand sich unter den spärlichen Zuhörern auf einem der Stühle hinter den Journalisten. Er war ein unauffälliger Prozeßbeobachter, wie sie zu Dutzenden bei Schwurgerichten anzutreffen sind. Sein Mantel hing über dem leeren Nebensessel, und sein Kinn steckte in einer geöffneten Hand. Er hatte die Nacht gut geschlafen und war entschlossen, nach der Verhandlung mit Lindner zu sprechen. Als der Angeklagte vortrat, lehnte Jenner sich zurück und folgte der Vernehmung mit einem Gefühl aus Überlegenheit und Verachtung. In seiner Kindheit hatte man ihn einmal für das Vergehen eines Mitschülers zur Verantwortung gezogen. Er wußte noch, daß auf die Tafel ein Kreidekreis gezeichnet gewesen und daneben die Flächenformel: $r^2 \pi$ gestanden war. Damals hatte er die Beschuldigungen mit demselben Gefühl aus Überlegenheit und Verachtung hingenommen, wie er jetzt verfolgte, was mit dem Unschuldigen geschah, der an seiner Stelle vor Gericht stand. Auf dem Weg zum Gerichtsgebäude hatte Jenner ein Schulheft auf der Straße gefunden, auf dessen erster Seite ein Prisma mit der Formel des Rauminhaltes gezeichnet gewesen war. Er hatte das Heft auf eine Bank gelegt und war weitergegangen. Erst jetzt erinnerte er sich wieder an die Zeichnung in dem Heft. Inzwischen war der Angeklagte vorgetreten. Jenner hatte es vermieden, ihm in das Gesicht zu blicken, und nun sah er ihn zu seiner Erleichterung nur noch von hinten. Er trug ein blaues Sakko und schwarze Hosen. Anfangs war Brandstetter über die Umstände, die ihn in das Gefängnis gebracht hatten, und an seinem ganzen Geschick verzweifelt, aber insgeheim fühlte er, daß ihm – unabhängig davon, wie die Verhandlung ausging – »Recht geschah«. Er hatte eine eindrucksvolle Zahl an größeren und kleineren Gerichtsverhandlungen hinter sich, zweimal hatte man ihn aus Gleichgültigkeit freigesprochen, obwohl er schuldig gewesen war, und nun wollte man ihn für etwas schuldig sprechen, das mit ihm wenig zu tun hatte. Er hatte das Opfer gefunden, das stimmte, und als er gesehen hatte, daß es nicht mehr lebte, bestohlen. Es war kein hoher Betrag gewesen, aber immerhin. Brandstetter spürte, daß der Richter ihn nicht schonen würde. Die Unerbittlichkeit, die aus jeder

Frage und dem Tonfall zu verspüren war, traf ihn mehr als die Aussicht auf die drohende Strafe. Es war nicht das erste Mal, daß er vor Gericht weinte, aber diesmal weinte er, weil die Justizbeamten sich mit seiner Wertlosigkeit offenbar abgefunden hatten. Er würde tun können, was er wollte – mit dem Beginn der Gerichtsverhandlung hatte er den letzten Rest an menschlicher Würde eingebüßt. Er war nie besonders mutig gewesen, und wenn er betrunken war, wußte er um seine Feigheit, aber sein Weinen hatte nichts mit Feigheit zu tun. Er wehrte sich zwar mit aller Macht dagegen, verurteilt zu werden, aber tief in seinem Inneren empfand er seine Verurteilung wie eine nachträgliche Rechtfertigung seines Lebens und die drohende Strafe als Buße dafür, was aus ihm geworden war. Zuletzt hatte er noch gehofft, daß die grundlosen Verdächtigungen schon die Strafe für sein Leben ausmachten und daß man eines Tages den wirklichen Täter festnehmen und ihn laufen lassen würde, aber vor dem kühlen Richter zerrann diese Hoffnung in Nichts. Ungerührt von den Tränen des Angeklagten setzte dieser die Befragung fort. Wenn Angeklagte weinten, hielt er es für Selbstmitleid oder den Versuch, Mitleid zu erregen. Er mußte dann eine aufsteigende Wut niederkämpfen, was sich zumeist in einer schnelleren Verhandlungsführung äußerte. Es war noch früh am Morgen. Der Staatsanwalt, ein gutaussehender Mann Mitte vierzig, mit großen, dunklen Augen, hörte nur mit halbem Ohr zu. Er empfand den Prozeß als eine Belästigung. Im Gegensatz zum Richter, der seinen Beruf gerne ausübte, hielt er Verhandlungen für überflüssig. Im Grunde wußte man nach dem Aktenstudium, wen man vor sich hatte. Er hatte sich am Vorabend mit seiner Geliebten zerstritten und verspürte Lust, sie anzurufen und sich zu versöhnen. Gewiß, er war verheiratet, aber der Gedanke, seine Geliebte könnte neben ihm noch einen anderen Mann haben, ließ ihm keine Ruhe. Mitunter folgte er der Verhandlung oder täuschte Aufmerksamkeit vor, indem er zu den Geschworenen hin Gesichter schnitt, sobald der Angeklagte eine Frage besonders ungeschickt beantwortete. Natürlich betrieb er seine Schauspielerei auf eine Weise, die nicht zu aufdringlich war. Sie richtete sich auch vielmehr gegen den Verteidiger, ohne daß der Staatsanwalt es selbst wußte, aber sogar ein außenstehender Beobachter konnte unschwer zu diesem Schluß kommen. Tatsächlich mochte der Staatsanwalt keine Verteidiger. Man konnte zwar bisweilen Absprachen mit ihnen treffen, dennoch standen sie dem Glauben der Rechtmäßigkeit seines Tuns entgegen. Er war davon überzeugt, daß der gesamte Aufwand einer Gerichtsverhandlung nur wegen der Verteidiger stattfand, die ihrerseits aber darauf aus waren, die Wahrheit zu entstellen, um selbst Karriere zu machen.

Als die Vernehmung des Angeklagten beendet war, sprangen die Berichterstatter auf und verließen den Gerichtssaal. Das entsprach ihren Gepflogenheiten. Bei Prozessen wie dem vorliegenden erschienen sie erst wieder knapp vor der Urteilsverkündung oder sie ließen sich das Urteil überhaupt in die Redaktionen durchgeben. In diesem Prozeß war ihrer Meinung nach keine Überraschung zu erwarten, zu eindeutig waren die Beweise, zu stumpfsinnig erschien ihnen das Verbrechen, als daß die Aussagen des Angeklagten oder seine Tränen sie bewegt hätten. Eine Gerichtsverhandlung wie diese war nicht mehr als dreißig Zeilen und eine Fotografie wert. (Die Leser erwarteten, daß Täter gefaßt und bestraft würden, und diesen Erwartungen war mit einem kurzen Bericht Genüge getan.) Sie registrierten Jenner nicht einmal in ihrer Eile, ebensowenig wie die übrigen spärlichen Neugierigen, für die sie nur ein mildes Lächeln übrig hatten. Zuschauer waren in ihren Augen verschrobene Menschen, zumeist einsam und arm, für die ein Gerichtssaal im Winter Wärme, Abwechslung und Sicherheit bedeutete. Weshalb hätten sie auch ihre Aufmerksamkeit auf sie verwenden sollen? Jenner blickte auf das Muster des Steinbodens. In diesem einfältigen, dummen Muster schien etwas zu liegen, was eine unverrückbare Macht ausdrückte. In seiner Anordnung, auf der man gedankenlos herumtrat, lag ein Beweis eingeschlossen, und dieser lautete: »Alles ist unausweichlich und gleichgültig.« Und es war gewiß kein Zufall, dachte Jenner weiter, daß dieser Steinboden ausgerechnet den Boden des Gerichtssaals bedeckte. Und weiter erschien es ihm folgerichtig, daß er dieses Muster für sich entdeckt hatte und deuten konnte. Ein schwacher Sonnenstrahl fiel durch das Fenster. Jenner betrachtete jetzt die Richter in ihren Talaren, wie sie ihrer Arbeit nachgingen. Insgeheim lachte er über ihre Einfalt, denn daß sie mit gewissenhaftem Ernst falschen Spuren nachgingen und diese mit großer Gelehrigkeit und komplizierten Denkprozessen zu richtigen machten (das schien ihm unausweichlich), kam ihm nun so einfältig vor, daß er gegen den Gedanken ankämpfen mußte, sich zu stellen. Mit Sicherheit würde man ihm zunächst keinen Glauben schenken, dann aber würden die Richter keinen Gedanken mehr auf den Unschuldigen verschwenden und sich sagen, daß die Verhandlung keineswegs zu Ende gewesen und ein Freispruch im Bereich der Möglichkeit gelegen wäre, denn die Tätigkeit des Verteidigers hätte ja noch nicht einmal begonnen gehabt. Diese Rechtfertigung wäre nicht unbedingt falsch gewesen. Aufmerksam verfolgte Jenner den Auftritt der Zeugen, der inzwischen begonnen hatte. Es waren nur wenige, und was sie zu sagen hatten, schien unwesentlich. Trotzdem erhob der Verteidiger keinen Einwand. Er schwieg zur Aussage zweier Frauen, die Brandstetter in einem Schrebergartenhäuschen in der Nähe des Tatortes gesehen hatten und damit bewiesen, daß der Angeklagte dort gelebt hatte. Er schwieg auch bei den Aussagen eines jungen Polizisten (der den Rest des geraubten Geldbetrags beim Angeklagten gefunden hatte) und zuletzt zu dem Vorwurf des Richters, es bestünden Widersprüche zwischen den Aussagen, die er, Brandstetter, nach seiner Festnahme bei der Polizei gemacht hatte, und seiner Verantwortung vor Gericht. Selbst zu den Aussagen der Gutachter schwieg er beharrlich. Langsam zog sich das Netz enger um den Angeklagten zusammen. Es war nicht so, daß es sein Verteidiger nicht bemerkt hätte, und es war auch nicht so, daß der Verteidiger dieser Tatsache gleichgültig gegenüberstand. Er war dem Prozeß als Pflichtanwalt zugeteilt.

Er liebte die große Gesellschaft, schnelle Autos und trug im Winter mit Vorliebe Pelzmäntel. Selten ging es ihm um einen Angeklagten, ihm kam es zumeist nur darauf an, »einen Prozeß zu gewinnen«. Mit gutem Grund hielt er diese Ansicht für legitim. Hatten Gericht und Anklage nicht den polizeilichen Apparat hinter sich, den Untersuchungsrichter, die alle dafür zu sorgen hatten, daß genügend Beweise auf den Tisch kamen, und waren nicht auch die Geschworenen niemals etwas anderes als der »Ausdruck des gesunden Volksempfindens«? Aber für ihn gab es wichtigere und unwichtigere Angeklagte. Er mußte manchmal durchschimmern lassen, daß er bei aller Härte in der Verteidigung auch bereit war mitzuspielen, wenn es darum ging, »den juristischen Kram zu erledigen«. Seine Glaubwürdigkeit, was die Unschuld eines Angeklagten betraf, den er vertrat, konnte er sich, wenn es hart auf hart ging, nur dann erhalten, wenn er bereit war, in anderen Fällen, Eingeständnisse zu machen, die einem Unvoreingenommenen nicht aufgefallen wären. Er ließ dann zu, daß der Prozeß rasch abgeschlossen wurde, störte das Verfahren nicht, verwickelte keinen Zeugen in ein Kreuzverhör, sondern begnügte sich mit einigen Auskünften, die den Anschein seiner Gewissenhaftigkeit aufrechterhielten, und verlegte seine gesamte Strategie auf ein vorzügliches Pläydoyer, und – soviel mußten dem Verteidiger selbst mißgünstige Kollegen, Richter und Staatsanwälte lassen – seine Plädoyers waren ausgezeichnet und verfehlten nicht ihre Wirkung auf die Journalisten und Geschworenen, auch wenn diese ihm letztlich keinen Glauben mehr schenkten. Er hatte aus einer romantischen Haltung heraus seinen Beruf ergriffen und auch aus dem brennenden Ehrgeiz, in Schicksale einzugreifen. Die Möglichkeit, den Lebenslauf eines anderen Menschen zu beeinflussen, verlieh ihm ein Gefühl von Macht. Nicht selten sah er sich als Wohltäter der Menschheit, und was ihn noch immer verletzen konnte (wie zu Beginn seiner Tätigkeit), war mangelnde Anerkennung. Der Verteidiger war Junggeselle. Er hatte am Abend für eine kleine Gesellschaft gekocht und sich dabei mit dem Küchenmesser in den Zeigefinger geschnitten. Die Wunde war tief und die Blutung nur schwer zu stillen gewesen. Aber er hatte nicht mit einem verbundenen Finger vor Gericht erscheinen wollen, weil er wußte, daß er dann den Witzeleien seiner Kollegen ausgesetzt gewesen wäre. Daher hatte er am Morgen den Verband entfernt und sich die häßliche Wunde besehen, die ihm ein flaues Gefühl im Magen verursacht hatte. Und plötzlich – er wußte nicht warum – waren ihm Zweifel an der Richtigkeit seines Tuns gekommen. In Wirklichkeit haßte er Gewalt. Er haßte die Gewalt der Täter, doch auch die stille, unsichtbare der Gerichte. Seine blutrote, nässende Wunde schien ihn an das Leid der Opfer erinnern zu wollen, über die er sich hinwegzusetzen hatte, wie der Staatsanwalt über die Zweifel an der Schuld eines Angeklagten. Aber dieses versunkene Leid der Opfer, das gleichsam mit ihnen verschwunden und ausgelöscht war, gab es. Es gab es in seinem Inneren, wenn er nur darüber nachdachte. Es schien ihm jedoch, daß das Leben selbst sich dagegen wehrte, sich mit dem Schmerz, dem

Leid auseinanderzusetzen. Die allgemeine Form, damit fertig zu werden, war das Hinnehmen. Alles andere war die Sache des menschlichen Verstandes. Fröstelnd hatte er Verbandsmull und Leukoplast aus dem Badezimmer geholt und seinen Finger damit unauffällig verbunden. Zugegebenermaßen hatte er sich weniger Sorgen um seinen Mandanten als um seinen Finger gemacht. Selbst auf die Art und Weise, wie sein Plädoyer aufgefaßt würde, hatte er mehr Gedanken verschwendet. Er betastete seinen Finger, und sein Blick fiel auf das schuppige Haar des Angeklagten, aber anstelle von Mitgefühl empfand er Ekel. Er wollte es sich nicht zugeben, aber manchmal wäre er insgeheim bereit gewesen, für den einen oder anderen Prozeß mit dem Richter oder dem Staatsanwalt zu tauschen.
Der Richter war inzwischen mit der Vernehmung des Zeugen und dem Anhören der Gutachter beschäftigt gewesen, und als er das Wort an den Staatsanwalt erteilte, empfand er Genugtuung. Der Richter war bekannt für seine ausgezeichneten Aktenkenntnisse und sein erstaunliches Gedächtnis. Oft fielen ihm Fragen mit einer solchen Geschwindigkeit ein, daß er sich in acht nehmen mußte, sie nicht mit einem triumphierenden Gehabe zu unterstreichen (das man ihm schon in seiner Jugend vorgeworfen hatte). Aber inzwischen hatte er »dazugelernt«. Dabei ging es ihm weniger darum, einen Angeklagten zu schonen, als vielmehr einen Staatsanwalt oder einen Verteidiger nicht zu kränken. Gewiß, er konnte sich mit ihnen auseinandersetzen, aber er mußte vermeiden, sie in ihrem Stolz zu treffen. Seine Aufgabe war es

schließlich, die Gerichtsverhandlung als Ganzes zu sehen, und er bemühte sich auch, diesen Anschein zu erwecken, obwohl er seine eigene Person am genauesten im Auge hatte.

Niemand durfte den Eindruck gewinnen, ihn an die Wand spielen zu können, dafür hatte er von allem Anfang an zu sorgen. Er war verheiratet und hatte zwei Kinder, die die Mittelschule besuchten. Sie waren zum Unterschied von ihm, der sein Studium mit Auszeichnung abgeschlossen hatte, mittelmäßige Schüler und zeigten ihm hin und wieder eine Respektlosigkeit, die ihn kränkte. Er spürte, wie er allmählich seinen Einfluß auf sie verlor, und das verletzte ihn. Seine Frau war ein liebenswürdiger, jedoch unbeholfener Mensch. Sie hing an ihm, aber ihre Methode, die Kinder zu erziehen, war, ihnen Vertrauen zu schenken, während er von Natur aus mißtrauisch war. Er hatte seine eigene Zeit als »heranwachsender Mensch«, wie er zu sagen pflegte, nicht vergessen. Natürlich hatte auch er seine Eltern oder Lehrer beschwindelt, wenn es notwendig gewesen war, daher bezog sich sein Ehrgeiz, nicht »hineingelegt« werden zu können, auch auf seine Kinder. Er wünschte sich Aufrichtigkeit als Ausdruck ihres Respekts und ihrer Liebe ihm gegenüber. Beim Frühstück hatte ihn der jüngste Sohn davon in Kenntnis gesetzt, daß er seine letzten Schularbeiten in Mathematik nicht geschafft hatte und er Nachhilfestunden nehmen mußte. Auch das war eine Form des Schwindels gewesen, empfand der Richter, ihn beim Frühstück davon in Kenntnis zu setzen, damit er sich nicht lange über die Sache aufregen konnte. Der

Richter blätterte in den Akten und seufzte. Sein Familienleben stellte für ihn eine Belastung dar, von der er gerne in seine Arbeit floh. Er hätte sich gewünscht, daß seine Kinder ihn einmal bei der Führung eines Prozesses hätten sehen können, aber andererseits fürchtete er sich nicht weniger davor, als er es sich wünschte. Vermutlich würden sie ihn auch verunsichern, und ihre Kritik würde nur Kritik an Dingen bedeuten, die er nicht ändern konnte. Sein Blick schweifte über die Stühle der Prozeßbeobachter, und er dachte sich: Immer dasselbe, immer dieselbe Art von Menschen, die hier sitzt. Für kurz fiel ihm Jenner auf, er war jünger und wacher als die übrigen, aber es war keine Seltenheit, daß Jusstudenten einen Prozeß verfolgten. Jenner zweifelte nicht über den Ausgang. Es gab Fälle, bei denen Zeugenaussagen und Gutachten verschiedene Lichter auf ein Geschehen warfen, daß sie einander widersprachen, ergänzten, sich aufhoben, aber in all den chaotischen Wahrnehmungsvorgängen ein Bild entstehen ließen, wie die Schraffur eines Bleistifts in einem magischen Heft. Hier war es umgekehrt. Es gab von allem Anfang an dieses Bild schon, und der Vorgang des Schraffierens war nur eine nachträgliche Pflichtübung. Jenner fühlte keine Gewissensbisse. Er dachte, daß er diese Menschen betrogen hatte, wie sie sich selbst in einem fort betrogen. Natürlich tat ihm der Angeklagte leid, doch er hütete sich davor, mit ihm zu fühlen. Ein Verfahren war im Grunde genommen etwas Formales, wie eine mathematische Gleichung, und die Aufgabe der Juristen war es, mit Unbekannten, Zahlen (Menschen) und Konstanten (Erfahrung) zu operieren, bis die Gleichung aufgelöst war. Es kam in keiner Weise darauf an, einem Menschen, einem Täter, einem Opfer, einem Unschuldigen gerecht zu werden, sondern nur der Öffentlichkeit und der Justiz. Natürlich war der Vorwand immer der einzelne, aber daß es sich nur um einen Vorwand handelte, bemühten sich die Richter und die Staatsanwälte, die Verteidiger und die Berichterstatter, für die alles nur ein Schauspiel war, nicht einmal zu verbergen. Aus jedem Wort des Staatsanwaltes waren diese Tatsachen hervorgegangen, und Jenner war überzeugt davon, daß es beim Verteidiger, der sich jetzt erhob, nicht anders sein würde. Nur der Angeklagte schien es mittlerweile aufgegeben zu haben, eine Rolle zu spielen. Er hatte beim Plädoyer des Staatsanwalts still vor sich hingeweint, aber nun, als der Verteidiger daranging, ein verständnisvolleres Bild des Angeklagten zu entwerfen, verlor er jede Beherrschung. Es tat ihm wohl, nach der langen Entbehrung einen menschlichen Fürsprecher zu finden. Selbst der Richter spürte, daß der Verteidiger mit seinen Ausführungen den Tatsachen näher kam, als es während der gesamten Verhandlung der Fall gewesen war, doch verbot ihm sein Verstand jede Gefühlsregung. Es war nichts Neues für den Angeklagten, daß ein Verteidiger zuletzt Partei für ihn ergriff und sich bemühte, Verständnis für ihn zu gewinnen, aber diesmal war es etwas anderes. Diesmal war er wirklich unschuldig, und von seinem Blickpunkt aus sah er sein Leben jetzt wirklich als eine Aneinanderreihung unglücklicher Umstände und Verhängnisse, wie sie der Verteidiger darstellte. Er kam aus armen Verhältnissen. Sein Vater war bei einer Kohlenhandlung als Hilfsarbeiter beschäftigt gewesen, die Mutter verdingte sich, solange es möglich war, als Aufräumerin. Beide lebten nicht mehr. Von seinen vier Geschwistern traf er keines mehr, und nur die ältere Schwester hatte er unter den Zuschauern ausmachen können. Er wußte, daß sie ihn nicht verurteilte und daß er ihr leid tat, aber sie war selbst unglücklich. Trotzdem richtete er jetzt seine ganze Hoffnung auf sie. Er brauchte einen Menschen, der ihm glaubte, daß er unschuldig war. Was der Verteidiger von ihm wirklich dachte, darüber war er sich während der Untersuchungshaft nie ganz sicher gewesen. Er vertraute seinem Anwalt zwar, aber er wußte nicht, ob auch dieser ihm vertraute und die Beteuerungen seiner Unschuld ernst nahm. Im Augenblick klammerte er sich zwar daran, doch in der Zeit vor der Verhandlung hatten ihn immer Zweifel befallen. Weshalb sollte sein Pflichtverteidiger auch einem oftmals Vorbestraften Glauben schenken, der noch dazu nie einen Beruf erlernt hatte und von Gelegenheitsarbeiten lebte? Zwei Jahre war er mit einem Zirkus durch das Land gezogen und hatte das Zelt aufgestellt und abgeräumt, die Tiere versorgt und Plakate geklebt, doch war er sich mit dem Zirkusdirektor immer in den Haaren gelegen, der nicht davor zurückgescheut hatte, Gewalt anzuwenden. Diese Jahre, die er sich zu Beginn als die freiesten erträumt hatte, waren für ihn zu den demütigendsten geworden. Zwar war er in verschiedene Bundesländer gekommen und hatte zumeist so viel Geld eingesteckt, daß er sich zweimal in der Woche betrinken konnte, aber die Arbeit hatte den ganzen Tag kein

Ende genommen. Schließlich war er in Wien abgesprungen und hatte sich einem Sandler angeschlossen, zuletzt war er allein geblieben. Er hatte die Schrebergartensiedlung am Gänsehäufel entdeckt, sich dort verkrochen und, wenn er über Geld verfügte, in einem nahe gelegenen Wirtshaus aufgehalten. Über seine Verbrechen und Vergehen, die er sämtlich vor seiner »Zirkuszeit« begangen hatte, wollte er nicht weiter nachdenken, er war ohnedies nicht in der Lage, sie zu vergessen. In seinen Augen handelten sich seine Fehltritte um eine Art von Verwechslung. Wenn er sich etwas zuschulden hatte kommen lassen, hatte er das, was er dachte, von dem, was geschah, nicht eindeutig auseinanderhalten können. Er war sich darüber stets im klaren, daß er es war, der einen Einbruch verübt, einen Pensionisten überfallen hatte oder an einem Betrug beteiligt gewesen war, aber er wunderte sich darüber, daß man ihn dafür zur Verantwortung zog, denn es war nebenbei geschehen, mehr oder weniger von selbst. Obwohl er vor sich nichts abstritt, wunderte er sich doch, daß er derjenige gewesen war und sein mußte, der immer mit dem Gesetz in Konflikt kam. Er fühlte sich dafür nicht schuldig, obwohl er auf niemanden seine Schuld abwälzen wollte. Wahrscheinlich hatte es seine Richtigkeit, daß man ihn ausfindig machte und strafte, doch war es nicht in seiner Absicht gelegen, Leid zu verbreiten. Was er getan hatte, nannte er für sich »einen Unsinn begehen« oder »etwas anstellen«. Nichts anderes war es. Wofür man ihn aber jetzt zur Rechenschaft ziehen wollte, konnte er sich nicht erklären. Er hatte die Tat nicht begangen. Andererseits aber – und das war das Erschreckende daran – hatte er oft und oft mit ihr gespielt. In diesem Sinne war er nicht unschuldig, und das Unheimliche an der Kette von Ereignissen war, daß er sich durchschaut fühlte. Aus diesem Grund geriet auch seine Gegenwehr so kraftlos, daß sie sich gegen ihn kehrte. Er hatte immer wieder festgestellt, daß ihm seine Beteuerungen geschadet hatten. Bei jedem Satz, bei jeder Geste, hatte er gespürt, wie er an Glaubwürdigkeit verloren hatte, so daß er sich zum Schluß hilflos in seine Wiederholungen und Behauptungen verstrickt hatte. Der Verteidiger hatte mittlerweile die Beweise, die man gegen den Angeklagten vorbrachte, widerlegt oder angefochten und wandte sich an das Gewissen der Geschworenen. Er hatte diesen Teil nicht vorbereitet, aber gegen das Ende seines Plädoyers zu, war es ihm plötzlich ein Bedürfnis gewesen, über den Zweifel zu sprechen. Alles, was ihm in der Früh bei Betrachtung seiner Wunde durch den Kopf geschossen war, sammelte sich nun zu einer Auseinandersetzung von Gewißheit und Zweifel. Er wußte, daß es in einem solchen Prozeß keine Gewißheit geben konnte und daß seine einzige Chance darin bestand, Vorurteile als solche ersichtlich zu machen und Zweifel als berechtigt, ja sogar notwendig hinzustellen. Als er geendet hatte, empfand er augenblicklich Niedergeschlagenheit. Er hatte den Eindruck, etwas Wichtiges gesagt zu haben, etwas, was seine Überzeugung ausmachte, doch mit dem letzten Wort, das er gesprochen hatte, war er sich darüber im klaren, daß seine Rede niemandem genutzt hatte. Er mochte nicht in Erwägung ziehen, daß sie

spurlos vorübergegangen war, aber es war so. Im Grunde hatte er sich nur selbst Mut gemacht, doch der Prozeß war verloren. Als die Geschworenen sich zurückzogen, fuhr er nicht, wie sonst, in die Kanzlei, um zu arbeiten, sondern wartete im Gerichtsgebäude, da er überzeugt war, die Beratung der Geschworenen würde nicht lange dauern. Jenner trat auf den Gang hinaus und zündete sich eine Zigarette an. Dann ging er ohne Eile ein Stück des Weges zurück, den er am Morgen gegangen war. Das Schulheft lag noch immer auf der Bank. Als er es aufschlug, stand dort die Überschrift: »Trigonometrie«. Er hatte diesen Stoff einmal beherrscht, sich aber einige Jahre nicht damit beschäftigt. Die geometrischen Körper, die hier feinsäuberlich aufgezeichnet waren, schienen ihm etwas von Reinheit zu verkörpern, die ihm wohl tat. Er fand es schön, daß diese Figuren in ihrer Regelmäßigkeit und Durchsichtigkeit Kristallen ähnelten und daß sie durch Begriffe, Symbole, Zahlen und Rechenprozesse entschlüsselt werden konnten. In Wirklichkeit stellten sie etwas Allumfassendes dar, dachte er. Er legte das Heft zurück und betrat wieder das Gerichtsgebäude. Er fühlte sich nicht dafür verantwortlich, was geschah. Wenn man den Angeklagten verurteilte, würde das »den Lauf der Welt nicht ändern«, wie er sich sagte. Nicht einmal dadurch, daß er getötet hatte, hatte er den Lauf der Welt geändert.
Am frühen Nachmittag verkündete der Richter den Schuldspruch und verhängte das Urteil von zwanzig Jahren Gefängnis. Jenner trat – nachdem man den Angeklagten abgeführt hatte – mit einer Mischung

aus schlechtem Gewissen und Erleichterung ins Freie. Als er die Straße hinunterging, spürte er körperlich, wie das Vergessen einsetzte und das Gefühl der Erleichterung die Oberhand gewann.

2

Man wußte inzwischen, wer Lindner war, aber Lindner hatte sich geweigert, in den Feldhof zurückzukehren. Trotzdem fuhr Jenner mit einem Gefühl des Unbehagens zum Steinhof. Er ließ sich bestätigen, daß Lindner noch immer in der Aufnahmestation lag, und erkundigte sich dort nach ihm. Der Wärter, der ihm geöffnet hatte, zögerte einen Augenblick, dann fragte er ihn, wer er sei.

»Ein Freund«, gab Jenner zur Antwort.

Man wies Jenner in eine Ecke des Aufenthaltsraumes, in dem vor einem Tisch Lindner saß und zeichnete. Er hatte offensichtlich an Gewicht zugenommen. Als Jenner an ihn herantrat, hob er erstaunt den Kopf. Jenner nahm Platz, öffnete seinen Mantel und lächelte. Er blickte Lindner furchtlos an, aber zu seiner Überraschung lag in Lindners Blick weder Haß noch Angst. Auch entdeckte Jenner weder Mißtrauen noch Erwartung oder Verzweiflung, sondern nur eine kaum merkbare, aber, wie es ihm schien, unüberbrückbare Abneigung.

»Was machst du?« fragte Jenner. Er mußte sprechen, denn würde auch er schweigen, mußte er dem Arzt oder dem Wärter womöglich Fragen beantworten, denen er lieber auswich. Lindner blickte auf die gelbe Tischplatte, auf der ein Blatt Papier lag.

»Wenn du es wünschst«, fuhr Jenner fort, »lasse ich dich von jetzt an in Ruhe... Betrachten wir die Angelegenheit als beendet.« Er griff nach dem Papier und sah sich die Zeichnung an. Ein unbeholfener Kreis stellte den Erdball dar. An einer Stelle war dieser Kreis nicht geschlossen und bildete eine Art Trichter. In diesen Trichter, der, wie Jenner jetzt erkannte, ein Mund war, stürzten hunderte winzige Männchen. Das Merkwürdige daran aber war, daß es ein lachender Mund war und daß die Männchen ebensogut ausgespuckt worden sein, wie verschlungen werden konnten. Jetzt erst entdeckte Jenner, daß der Kreis nicht die Erde, sondern ein Kopf war, der auf einem mit dünnen Strichen skizzierten Menschen aus Zylindern, Kugeln, Rechtecken und Quadraten saß. Es war eine Marionettenpuppe, soviel war aus dem Entwurf zu schließen. Aber alles in allem machte die Zeichnung keinen tragischen, sondern einen komischen Eindruck, und Jenner ließ seiner Erregung freien Lauf und fing zu lachen an. Er legte das Blatt zurück und lachte. Lachend erhob er sich und legte eine Hand auf Lindners Schulter, dann ließ er sich wieder in den Sessel zurückfallen und schwieg abrupt. Plötzlich aber erhob sich Lindner. Er ging wie der automatische Mensch aus seinem Dorf (ein Gendarmeriekommandant, der einen mißlungenen Selbstmordversuch hinter sich hatte und seither in der Uniform eines k.u.k. Postmeisters mit einem Schild »Circus Saluti« um den Hals geradewegs über die Landstraßen und durch die Höfe marschierte, ohne einem Hindernis auszuweichen) zur geöffneten Tür hinaus, und Jenner, der ihm folgte, sah ihn die

Steigung zur Anstaltskirche hinaufgehen und die Treppen hochsteigen. Was hatte Lindner vor? Verließ er die Anstalt? Wollte er sich das Leben nehmen? Es sah aus, als stiege er geradewegs in den Himmel, so entschlossen kletterte er die lange Treppc hinauf, und Jenner hielt an und schaute ihm nach. Plötzlich aber drehte sich Jenner um und ging in die andere Richtung auf die Stadt zu, die voller wimmelndem Leben unter ihm lag.

5. Kapitel

Aus Lindners Papieren

Portrait des Oberarztes S.

Es spuckt ein Haberer aus einem Fenster des Anstaltsgebäudes und trifft zum Glück ein weißes Männchen auf den Kopf. Im nächsten Augenblick dreht sich das Männchen um und späht zum Fenster hinauf, aber da ist niemand. Der Niemand schaut das Männchen an, das einen klirrenden, klimpernden Schlüsselbund trägt und schwarzglänzende Schuhe.
»Wohin gehst du, Großmutter?« fragt der Haberer.
Das Männchen spiegelt sich in seinen schwarzen Schuhen und zieht einen langen Schlüssel heraus, der bis zum Fenster reicht, und fährt mit diesem Schlüssel dem Haberer in den Kopf und sperrt ihm das Gehirn auf. Jetzt tritt alles klar zu Tage. Im Kopf arbeitet eine stinkende Papierfabrik, wo alles oben in einen roten Trichter hineinkommt und unten Papier heraus, das in der Straßenbahn als Zeitung gelesen wird.

Oberarzt S.

In der Straßenbahn sitzt ein schleißiger Haberer mit einem Kropf, den er wiederum mit einem Hut abdeckt, bzw. verdeckt. Er dreht an seinem Aufziehschlüssel im Rücken – krickskracks –, und der Schlüssel reißt ab, und er hat nur den Teil in der Hand, der aussieht wie ein eiserner Schmetterling. Der Schmetterling fliegt dann in die Luft und fliegt davon, und der Haberer zappelt noch mit den Beinen und hört auf und schaut dann nur noch. Der Straßenbahnfahrer hat eine blaue Mütze und schaut auf die Uhr und sagt: Dreiviertel am Zaunstecken, alles aussteigen! Aber der Haberer kann nicht, weil sein Schlüssel abgerissen ist, und er lacht nur blöd und muß in der gelben Straßenbahn sitzenbleiben. Dann fährt er wieder zurück in die Stadt und sitzt so ruhig da, bis ihn jemand stiehlt, aber er wickelt ihn in braunes Packpapier ein und vergißt ihn wieder in der nächsten Straßenbahn.

Schwester H.

Sie hat ein Gebiß wie ein aufgespannter Sonnenschirm, die Worte kommen aus dem Mund, wie wenn der Sonnenschirm bemalt wäre. Die geile Molkerei schaukelt beim Gehen und hupft auf und ab, und der fette Hintern taugt jedem Haberer. In der Küche verschwindet sie im Ausguß, weil im Keller wartet der Wärter Simutschek mit seinem depperten Nudl und will ihr die Milch abzapfen, aber sie kommt im Schallplattengeschäft »Melodie« heraus, und der Tonarm legt sich in ihre Rille und spielt das Lied von der schlimmen Kaulquappe, die in der Pfütze segelt. Dann steht die Schwester auf und zupft sich ihre Schürze zurecht und verkleidet sich als weiße Henne, die ein Ei legt, damit niemand sie erkennt. Das Ei aber läßt sie liegen. Es heißt Theobald.

Der Patient L.

Auf der Eisenbahnfahrt nach Albanien sieht der Patient L. einen Bazillus in der Ecke schlafen.

»Herr Bazillus, sein Sie so gut, mir ist schlecht«, antwortet der Patient. Der Bazillus dreht total durch und haut dem Patienten L. in die Goschn, daß nur so das Blut spritzt bis zur Decke und auch die Fenster anspritzt. Alles ist voll Blut, und da kommt der Schaffner und verlangt die Fahrkarte. Draußen rennen schon alle mit dem Fez umeinand, es herrscht fürchterliche Aufregung, weil die Sonne sich in zwei Teile geteilt hat und jetzt Tag und Nacht hell ist. Es hat aber nur ein Muezzin geschissen, und er wird mit Gewehrprügeln bewacht von lauter albanischen Matrosen in gestreiften Leiberln. Der Bazillus verliert die Nerven und stürzt sich auf die Matrosen und gibt dem ersten einen Magenstrudel, daß er speibt. »Servus Kaiser«, denkt sich der Patient L. Er muß auf seinen Bazillus aufpassen, sonst wird er gesund. Flugs läuft er hinaus und köpfelt in die Scheiße von dem Muezzin und rettet sein Leben.

Die Patientin H.

Es war ein so lieblicher Frühlingstag, daß ich nicht anders konnte, als einen Löwenzahn abreißen und mir ins Knopfloch stecken. Der Himmel strahlte im tollsten Blau, und ich trat in die Fut ein, in der aber schon jemand drinnen war. Er hatte eine Hupe in der Rechten, und wenn er sie drückte, sprach die Hupe: »Reiß ab, sonst reiß ich dir eine.« Ich seilte mich ab und schlich mich in ein Café, wo ich einen Kapuziner bestellte, in dem gemütlich eine Fliege schwamm.

Die Wäscherei

In der Wäscherei geht es zu! Da werden ganze Menschen ohne Körper in die Maschinen geworfen und zerwalgt, daß alle Knochen sich abbiegen. Die Pyjamas werden eingeseift und rasiert und Haare geschnitten, usf. Da kommt der Staatsbeamte herein und verlangt den Herrn Irrenwäscher zu sprechen. Der Herr Irrenwäscher kommt auf einem Fahrrad angeradelt und hat eine Fetten.
»Sie haben eine Fetten!« plärrt der Staatsbeamte.
»Das weiß ich selber«, gibt der Herr Irrenwäscher frech zurück.
Der Herr Irrenwäscher ist ein fülliger, behäbiger Mann. Zu Fronleichnam trägt er den Himmel bis zur Bushaltestelle. Dort ist ein Wirtshaus, und da faltet er den Himmel zusammen und geht tschechern. Um halb zehn Uhr ist unsere Pause. Da kommt der Verwaltungsdirektor nachschauen, ob sein Hemd schon gewaschen ist. Es hat nämlich einen Blutflecken.

Der Besuch eines Untersuchungsrichters

Bist deppert!, das Licht fiel nur dämmrig durch die Jalousien, daß ich mich fast angeschissen hätte, vor Schreck! Ich habe die Goschn gehalten, und er hat meine Papiere kontrolliert. Was hätte ich machen sollen? Dann setzt er sich zu mir ans Bett und zieht einen Schuh aus. Schuhnummer 76. Dabei rutscht die Jacke zur Seite, und ich seh eine Pistole im Schulterhalfter. Bevor er sich wieder schleicht, fladere ich mir die Pistole und verstecke sie unter der Matratze.

Am Abend stehe ich auf und knall zuerst die Ärztin ab und dann die zwei Wärter. Dann stürme ich hinaus und ballere jeden nieder, der sich mir in den Weg stellt. Der ganze Schnee im Anstaltspark ist rot. Aber die schönsten Schneeblumen blühen, wie auf einem alten Damenhut. Hell ist der Gesang der Blümelein, hell und weich, wie in einem Dom. Da verlasse ich gern die Welt und gehe zurück in den Käfig zu den Kanarienvögeln.

Eine Flucht

Die Dodeln waren schon wieder hinter mir her, hatten mich in meiner Wohnung im schlechtesten Bezirk mit Stethoskopen an der Wand abgehört. Es war das einzige Mal, daß mir mein Sprachfehler zugute kam. Die Zimmervermieterin war so riesig, daß ihr mein Kopf nur bis zu den Dutteln ging, die in einer blauweißgetupften Bluse steckten. Ihre Haare hatte sie zu einem Knoten gekämmt. Sie beugte sich über mich und starrte mich an. Auf dem Tisch lag das abgezogene Kätzchen und miaute ohne das Fell, welches zum Trocknen am Fenster hing. Ich floh auf den Gang hinaus, um mich in den Horizont zu retten. Still dehnte er sich hinter der Stadt aus. Ich verwechselte den Berg mit dem gelben Hühnerauge des pensionierten Gaskassierers, der die Tauben lebend zu essen pflegt. Natürlich versäumte ich nicht, mich bei ihm zu entschuldigen, mußte aber zu meinem Schrecken feststellen, daß ein riesiger Krebs unter dem Tisch auf mich zugekrochen kam.

Ein Sonntagsausflug

Kein Zweifel, die drei schwarzen Frauen waren im Schildkrötenalter. Sie rissen ihre Pappen auf und maulten die ganze Zeit wegen meinem blau-weißgestreiften Anzug. Ich hab zurückgemault und sie gefragt, ob sie pudern wollen. Dann sind wir auf die Almhütte gegangen und haben Enzian gesoffen, bis wir blau waren. Da bricht plötzlich der Föhn herein, ein fürchterlicher Föhn, dcr den Himmel verfärbt hat und drohende Wolken hat aufziehen lassen. Bleiben wir da? Steigen wir ab? Wir fanden zur Überraschung überall Erdsterne. Die Weiber wollten sie einsammeln, aber es ging nicht. Sie haben so lange herumprobiert, bis sie mir auf die Eier gegangen sind und ich auch einen Erdstern aufgehoben habe, und da war es Nacht und die Sterne leuchteten am Himmel. Wir sind unter den Sternen durchgegangen, die drei alten Frauen und ich, und ich begleitete sie ins Altersheim zurück, wo sie in der Küche Teller waschen und die Gebisse putzen müssen, bis alles blitzblank ist.

Der gelbe Mann

Der Mann hat ein gelbes Dopfi und blaue Augen und söne Lippen. Er ist krank, sagt der Onkel. Er ist so gelb wie eine Dotterblume, weil er sich infekziert hat. Sofort kommt der Seuchendienst und verpackt den Mann in einen Koffer, daß nur das Dopfi herausschaut, und wirft ihn in den Fluß. Aber gleich ist auch das Wasser ganz gelb, wie der Mann. Und die Fische sind gelb und die Steine und die Bäume am Ufer. Alles wird ganz gelb und auch der Dunst und die Schiffe und der Regen. Und wie sie den Koffer mit dem Mann wieder heraustragen und in das Spital bringen, werden alle dort ganz gelb, auch die Schweine im Anstaltsstall und die Hauskatzen und der Hund. Was sollen sie mit dem Mann machen? Er lacht lustig aus dem Koffer heraus und ist in Sicherheit.

Eine Erinnerung

Ich öffnete die Küchentür, und da ist der Landarzt gelegen in seinem Bett, ohne Kopf. Das Gewehr ist auf seiner Brust gelegen. Alles war voll Blut. Mir ist der Reis gegangen, aber ich habe nichts machen können. Die Fliegen haben gesummt, und Spinnweben sind draußen am Fenster vorbeigeflogen. Wie mein Vater gekommen ist, bin ich weg in den aufgelassenen Schweinestall. Dort ist das Mikroskop gestanden, aus dem jetzt fortlaufend Bilder geflossen sind, die ich noch nie gesehen hatte. Es waren wunderschöne Farben und Muster, die über den Trägerrand geronnen sind und auf den Boden tropften. Dort hatten sie schon eine kleine Lache gebildet – Ehrenwort! Ich habe mich niedergekniet und in die Flüssigkeit gegriffen, seither habe ich an der Fingerspitze Schuppen.

Die Begegnung

Ich habe mich fast angeschissen, wie ich aus dem Pavillon trete und der Wärter meinen Mantel holen geht, treffe ich J. Am Himmel Krähenschwärme, die mich warnen. Ich halte mir die Ohren zu. Es hilft aber nichts, weil der J. zwischen den Bäumen heraustritt und eine Schere aus der Tasche zieht. Ich bin wie gelähmt und laufe nicht davon und er sticht auf mich ein. Sterben ist nicht schwer. Man braucht nur einen Kopfverband und Ruhe, allerdings darf man nicht das kleine abc aufsagen oder es eilig haben.

Der falsche Hund

Einer der Wärter ist ein falscher Hund. Er kann weder bellen noch rasch laufen. Auch mit seinem Geruchssinn steht es nicht zu seinem Besten. Als er durch den Anstaltspark geht, wiehert ein Schimmel aus dem Baum. Zurück in die Anstalt und den Pferdeschlächter holen ist eines! So werden wir Augenzeuge, wie ein Pferd fachmännisch geschlachtet wird. Es ist aber der Patient O., der auf den Baum hinaufgestiegen ist und sich weigert herunterzukommen. Die Schlachtgehilfen haben ihre Hetz mit ihm. Die Patienten beten laut, indem sie von 1 – 100 zählen. Bei hundert trägt der Baum im Winter Laub, und die Wärter verirren sich in seiner Krone. Zuletzt führt O. sie wieder herunter. Sie sehen aus wie gefleckte Dackeln und bellen jetzt den falschen Hund an, der ganz verlegen wird. Wir haben geschrien vor Lachen und uns die Bäuche gehalten.

Selbstportrait als General

Da habe ich blöd geschaut, wie ich aufwache und die Uniform des Generals aus meinem Dorf anhabe! Zuerst habe ich mir gedacht, ich habe einen Pecker, dann aber bin ich aus dem Bett gezischt und habe alles antreten lassen – in Reih und Glied. Wie ich gerade überprüfe, ob alle vorschriftsmäßige Haltung angenommen haben, wird die Tür aufgerissen und die Ordonnanz meldet Inspektion vom Oberarzt. Im nächsten Moment kommt schon der Oberarzt herein und schaut wie ein Autobus. Ich gebe Kommando: »Präsentiert!« – sofort wird präsentiert. Der Oberarzt steht da mit goldenen Tressen und blanken Stiefeln und schlägt sich mit der Reitgerte nervös auf den Schaft.

»Vortreten!« Der Mann tritt vor und muß den Oberkörper frei machen. Dann wird er an einen schwarzen Elektrisierapparat angeschlossen, den eine Schwester mit sich trägt. Schweigend schaut die Kompanie zu, wie der Mann elektrisiert wird. Schaum tritt vor seinen Mund, und er überdreht die Augen, aber er spricht kein Wort.

»Der nächste!« Und sofort tritt der nächste vor.

Da gebe ich Kommando: »Feuer!« – und der Oberarzt streckt die Patschn! Und jetzt brennt auch die ganze Anstalt lichterloh, selbst die lieben Schwestern stehen in Flammen.

Ein Jagderlebnis

Wie ich elf war, hat mich mein Vater auf die Krokodiljagd mitgenommen. Mir ist die Muffen gegangen, aber ich habe mir nichts anmerken lassen. Um vier sind wir losgezogen. Über den Wiesen ist der Bodennebel gestanden, der Weg war naß, daß man unsere

Schritte hat hören können. Zuerst haben wir einen kleinen Fuchs geschossen, der im Farnkraut versteckt war, einen »Aglais urticae« mit 6 Meter Spannweite. Mein Vater hängte sich den Schmetterling um den Rücken und schleifte ihn hinter sich her. Dann haben wir am Fluß die Krokodile gesehen. Ich wollte die Gusti spielen, aber mein Vater hat zwei umgebracht und ihnen die Haut abgezogen. Die Krokodile sind zu Mittag im Wald auf offenem Feuer gebraten worden, seither habe ich Angst vor Menschen.

Die Abenteuer des Patienten M.

Wir haben die depperte Expedition wegen dem Bürgermeister, dem Arsch, machen müssen, und zwar nach Tunis. Die Löwen und die Schlangen haben dort so einen Fetzn draufgehabt, daß wir uns den ganzen Tag nicht aus dem Auto getraut haben. Die Neger, die unsere Träger waren, waren alles feige Schweine. Da hat der Bürgermeister einem Neger eine gerissen und verlangt, daß man die Elefanten heranschafft. Wie die Elefanten gekommen sind, ist der Forscher mit dem Tropenhelm aufgestanden und hat ein Viertel Wein bestellt. Im nächsten Augenblick war er flach wie eine Omletten, wir sind auf einem Baum gesessen und haben uns angeschissen. Dann sind wir zurück und haben die ganze Nacht nicht schlafen können, weil uns der Reis vor den Schlangen gegangen ist. Weiber zum Tupfen waren auch keine da, nur in Kinshasa hat einer von uns eine Alte aufgerissen und gevögelt.

Eine Verwechslungsgeschichte

Der Haberer ist in die Stadt gegangen, wie sie nicht aufgepaßt haben auf ihn. Zuerst ist er um einen Teich herum und hat die Schwäne mit Brot gefüttert. Wie er dann an einer Tür geläutet hat, hat er gemerkt, daß der Klingelknopf das Auge von einem Mann war, und da hat er sich über die Häuser gehaut und ein Taxi zum Bahnhof genommen. Der Taxifahrer hat ihn immer so komisch angeschaut, und wie der Haberer bezahlen hätte sollen, ist er abgerissen und hat sich in einem Eisenbahnwaggon versteckt. Wie der Zug losgefahren ist, ist er aufgestanden und vorm Schaffner davongelaufen. Bei der nächsten Station ist er dann ausgestiegen. Dort ist ein vornehmer Mann gestanden und hat ihn schon erwartet.
»Herr Fürst«, hat er gesagt, »ich habe schon aufdekken lassen.« Und dann haben sie gefressen: Hühner und Eis und Torten und Schnitzel, bis dem Haberer schlecht geworden ist.
»Wenn Herr Fürst sich zu Bett begeben wollen, das Zimmer ist gerichtet«, hat der vornehme Mann gesagt, und der Haberer hat sich in ein Himmelbett gelegt und ist eingeschlafen. Der vornehme Mann hat sich aber nur getäuscht gehabt, weil der Haberer nur Fürst geheißen hat, aber keiner gewesen ist.

Die Straßenbahn

Ich steh nicht auf die Polizei. Jedesmal, wenn ich die Kirchturmuhr aufziehe, fragt mich ein Polizistl, wie spät es ist. Daraufhin ziehe ich die Kirchturmuhr nicht mehr auf. Ich schleppe das ganze Uhrwerk mit auf mein Zimmer und nehme es auseinander. Dann baue ich es anders zusammen, zu einer gelben Straßenbahn und einer Trompete. Auf der Trompete spiele ich das Straßenbahnlied:

Wir fahrn auf unserer Reibn
So lange bis wir speibn

Die letzte Station vor dem Steinhof bietet ein Bild der Zerstörung. Die Straßen voller Blutlachen, die Fensterscheiben zerbrochen. Ich frage den Kontrolleur: »Was ist los?« Der Kontrolleur kratzt sich am Kopf und schiebt sich die Perücke zurecht. Sichtlich verlegen erklärt er: »Ich hielt mich zwei Wochen im Wolkengebirge auf und bin erst seit gestern zurück.« Draußen schießen die Polizisteln herum und nehmen einen Bankräuber fest, den sie in Handschellen abführen. Volle Wäsch' dreschen die Polizisteln auf den Gefangenen ein. Schon geht die Fahrt weiter!

Die Untersuchung

Folgende Nachricht erreichte mich vom Neptun: »Kommen Sie umgehend, Sie werden erwartet.« Ich nehme das Äpfelchen aus der Tasche, beiße es auf und schlüpfe hinein. Über die schwarzen Kerne gelange ich ins Innere. Von dort schaue ich mir die Erdkugel an! Bist narrisch, da geht es zu! Von weitem sieht alles so wunderbar aus und von nahem ist es dreckig. (Wenn man aber wieder nah genug ist, ist es schön...) Auf dem Neptun herrscht die größte Aufregung. Man sieht den Erdball als die leuchtendblaue Regenbogenhaut eines Auges in der Finsternis.

»Setzen«, spricht mich der Herrscher an. »Zunge heraus!«
Jetzt taucht eine zweite Weltkugel im Gesicht des Oberarztes auf, und ich kann nichts anderes machen, als in die Erdkugeln zu stürzen (die mich verdoppeln) und ins Gehirn zu fallen, in dessen Irrgängen ich umkomme!

Befragung

»Mach das Nachtkastl auf!« »Steh auf!« »Heb den Polster auf!« »Schlag die Decke zurück!« »Zieh das Leintuch ab!« »Heb' die Matratzen auf!« »Wo ist der Frosch? Sag, wo der Frosch ist, von dem du redest!«

Ritsch-Ratsch

Ritsch-Ratsch, fertig. Am Tag meiner Untersuchung ziehe ich meine Kleider aus, und vier Männer in schwarzen Anzügen mit Gummischürzen legen mich vor die blondgefärbte Puppen auf den Tisch. Sie hat eiskalte Hände und seift sie ein und schneidet mir den Bauch auf. Die überflüssigen Sägespäne nimmt sie heraus, dann näht sie mich wieder zu. Jetzt nimmt sie einen Fuchsschwanz und sägt mir das Schädeldach auf und nimmt das depperte Gehirn heraus und stopft den Kopf mit Zeitungspapier voll. Ich will protestieren, aber die vier Männer mit den Gummischürzen haun mir in die Goschn. Dann werfen sie mich auf den Wagen und bringen mich zurück. »Jetzt haben Sie genug zum Lesen!« schleppen sie mich. Ich habe aber nur die Marktberichte und die alten Fußballresultate und Kleinanzeigen hineingestopft bekommen, lauter stumpfsinniges Zeug. Langsam habe ich die Nase voll! Dem ersten verpasse ich ohne Warnung einen Magenstrudel, dem zweiten ein Arschlaberl, dann fallen sie wieder über mich her und stecken mich in die Zwangsjacke und legen mich neben die alte ägyptische Mumie. Der Pharao fängt sofort, als wir allein sind, an zu reden und schickt mir seine Käfer, die meine Fesseln durchbeißen. Dafür muß ich ihn auswickeln. Rasch düsen wir hinunter in die Gärtnerei und tun so, als ob wir Paradeis setzen und Blumen schneiden. Der Pharao nimmt einen Schlauch und läßt es Frösche spritzen, da werfen sie die Glashäuser mit faustgroßen Steinen ein, daß die Splitter unsere Gesichter blutig schneiden, und nehmen uns im nächsten Augenblick fest. Man steckt uns in einen vollkommen dunklen Raum, ritsch-ratsch fertig!

Die Maschine

Die Schleimscheißer stellen mich vor die Maschine und verlangen, daß ich sie repariere. Ich kenne mich mit den Maschinen nicht aus. Noch dazu sind die Zahnräder voller Fleischfetzen und stinken, und die Hebel sind voll Blut. Ich habe mit solchen Maschinen nichts zu tun. Ich zucke die Achseln, aber man droht mir an, mich in die Maschine zu werfen, wenn ich sie nicht repariere. Es ist eine riesige Maschine, die die gesamte Halle, welche neonbeleuchtet ist, ausfüllt. Zwei Polizisten mit Maschinenpistolen haben gerade einen Flüchtenden erschossen, der auf seinem Bauch vor der Werkshalle liegt und die Erdäpfel von unten anschaut. Die Polizisten zerfransen sich und kommen näher. Ich haue mit dem Hammer auf die Zahnräder ein, daß die Funken stieben. Ich weiß nicht, was ich tue. Aber plötzlich beginnen sich die Räder zu drehen, mit ächzenden, mahlenden Geräuschen, und ziehen ein Seil mit der Weltkugel den felsigen Abhang hinauf. Am Seil ziehen Idioten und ziehen mit, bis sie in die Maschine fallen.

Die Wanderung

Ich war in die Brennesseln getreten, und meine Füße schwollen an und waren von Blasen bedeckt. Die Bienen kamen herbeigeflogen und leckten meine Wunden, und so trat ich in das Bauernhaus. Der alte Mann hieß mich Platz nehmen, auch die rotzigen Kinder musterten mich nicht ohne Interesse. Ich begab mich zu Tisch, trank den angebotenen Most und ließ die Hausbewohner die zahmen Bienen sehen. Schließlich schickte man mich auf den heißen Dachboden, wo ich auf einem Strohsack schlafen durfte. Mitten in der Nacht weckte man mich auf und verprügelte mich, weil ein Kind von den Bienen angeblich gestochen worden war. Aber das Kind hatte Mumps, das sah jedes Kind. Ich durfte mich nicht rechtfertigen, man jagte mich in die Dunkelheit hinaus zu den Sternen, wo ich mich unter dem nächsten Nußbaum niederließ und mit den Bienen sprach, bis der Morgen den Himmel färbte. Da erst verließen mich die Bienen, ich aber kehrte dem Dorf den Rücken.

Exotische Reise

Die Fahrt nach Tschibuti verlief erwartungsgemäß ohne Zwischenfälle, sieht man davon ab, daß der Zug zweimal entgleiste und die Fahrgäste dauernd die Goschen wetzten wie eine Schar Hühner. Zahlreiche Passagiere kamen verstümmelt an, Gepäckstücke gingen verloren, der Speisewagen brannte vollkommen aus. Ich blickte mich im Toilettenspiegel an und betrachtete meine Stoppeln im Gesicht. Ich war nicht nach Tschibuti gekommen, um den Löffel abzugeben, sondern um meine Frau, die ich siebzig Jahre lang nicht mehr gesehen hatte, wiederzutreffen. Sie erwartete mich auf der verrotteten Bahnhofsstation, wo man mich gleich filzte und desinfizierte, obwohl ich aus Europa kam. Ich stank wie ein Bademeister. Als nächstes wurden wir unter einen riesigen Ventilator gesetzt und getrocknet. Zunächst sagte ich nichts, weil ich nicht wußte, was man mit mir vorhatte, aber ich hatte Schiß davor einzufahren. Schließlich massierte uns ein fleischiger Riese drei Stunden lang, bis ich jeden Knochen spürte, dann steckte man mich in einen weißen Anzug und ließ mich meiner Frau gegenübertreten.

Portrait des Pflegers P.

Der Pfleger P. bringt mir Farben und Papier und fordert mich auf zu zeichnen. Ich male gleich den Pfleger P., wie er herumgeht, also im Herumgehen. Man darf ihn nicht zu deutlich malen, sondern er muß überall aufscheinen, höchstens er sandlt und geht nicht zu schnell. Der Pfleger P. ist eine Flasche. Am liebsten fotzt er die Weiber im Badezimmer, wenn sie nackert sind, im Wandl oder unter der Dusche. Dann hört man es draußen patschen, und die Weiber schreien. Die meisten kriegen eh keinen Besuch und sind froh über die Aufmerksamkeit. Darum zeichne ich den Pfleger waschlnaß, als ob er schwitzt. Er ißt am liebsten gebackene Leber und trinkt dazu ein Bier, es können auch zwei sein. Morgen hat er Geburtstag, den er zusammen mit uns in der Anstalt feiert, er ist nämlich ein überzeugter Junggeselle. Sein fettes Gesicht ist rot wie ein rohes Schnitzel, die Narbe an der Wange stammt aus seiner Kindheit.

Portrait des Pflegers H.

Er ist schon alt und sitzt auf dem weißen Korbstuhl und sinniert vor sich hin. Gemütlich frühstückt er ein Ei. Alle sagen, daß er ein klasser Bursch ist.

Auf hoher See

Wir fuhren mit dem Dampfer und gerieten in einen so irrsinnigen Sturm, daß zwei Deppen, die nicht in der Kabine geblieben waren, über Bord gegangen und von einem Hai gefressen worden sind. Wir haben ihnen die Regenmäntel nachgeschmissen, damit sie nicht naß werden, aber die Haie haben die Regenmäntel sofort zerrissen, nur ein Leichtmatrose hat sich nichts geschissen und ist nachgehupft und hat dem einen Hai ein Messer hineingehaut, daß ihm das Beuschl herausgehängt ist. Dann haben sie den Matrosen und den hinnen Hai an Bord gehievt, und im Magen vom Hai haben sie ein Paar Handschuhe und einen Schirmgriff gefunden. Von den zwei Deppn war nichts da. Also war es der falsche Hai gewesen, leck Fettn!

Zwei Generäle

In der Aufnahmestation sind zwei Generäle in roter Uniform gesessen, die mich abholen und verhören lassen wollten. Die Hosen waren so geschnitten, daß – wenn sie sich erhoben – ihre Ärsche nackt herausragten, auf die ihnen ein Schnurrbart gezeichnet war. Selbstverständlich konnten diese Ärsche reden und lachen. Bald gingen die depperten Generäle auf den Händen und ließen ihre Ärsche lachen, bald umgekehrt. Mir ist der ganze Kitt auf die Eier gegangen, aber ich habe nichts gesagt, aus Angst, daß sie mich foltern. Der eine General hat seine Uniformjacke ausgezogen und ist in Hosenträgern dagesessen und hat sich angeberisch den Gesichtsbart gestutzt und dabei schweinische Lieder gesungen. Der andere hat mir seinen Arsch zugewandt und ihn mit mir reden lassen. Wenn er gelacht hat, habe ich seine Goldplomben im Grammophon gesehen.

Selbstportrait mit verdrehtem Schädel

Wie ich durch die Nacht gegangen bin in der Innenstadt und keine Moneten gehabt habe, habe ich gedacht, jetzt und jetzt gehe ich baden. Ich bin zu einem Würstelstand gekommen, aus dem es so gut gero-

chen hat und ein paarmal hab ich durch das Fenster in ein Tschecherl oder Café geschaut und gedacht, ich sitz gerade drinnen und habe eine Besprechung oder lese Zeitung. Dann ist der Kellner gekommen und hat an das Glas der Scheibe gepumpert und geschrien: »Schau nicht so langsam!« Ich habe mein Schwert aus dem Gürtel gezogen und bin hinein und habe ihn dafür über die Tische gejeigt, bis er gerert hat. Aber gleich darauf habe ich sehen müssen, daß es eine Gabel war, die ich in der Hand gehalten habe, von einem Mann, der Eierspeise gegessen hat. Da geht die Tür auf und der Herr Bundeskanzler kommt herein und fragt, wos Klo ist.
»Ich kann Ihnen zeigen, wo Sie schiffen können«, habe ich mich erbötig gemacht und zum Beweis meinen Nudel herausgenommen. Dafür habe ich das Silberne Verdienstkreuz Erster Klasse verliehen bekommen und eine Genickwatsche. Das Silberne Verdienstkreuz Erster Klasse habe ich verloren, der verdrehte Schädel ist mir geblieben.

Klavierspielen

»Komponist Lindner vortreten«, hat der eine geschrieen und mir befohlen, mich ans Klavier zu setzen. Ich hab zu spielen angefangen, was mir gerade eingefallen ist.
»Haben Sie nicht Klavierspielen gelernt, Mann?« hat der andere Admiral gefragt.
»Zu Befehl!« Sofort lege ich los, bis das Klavier vor Schreck die Pappn zumacht und meine Finger einzwickt, das depperte. Ich muß dann das ganze Zim-

mer feucht aufkehren von den falschen Noten, und der eine Admiral zündet sich an meinem Kopf eine Zigarre an und erschießt den anderen. Hierauf läßt er die Anker lichten und befiehlt seine eigene Hinrichtung. Ich habe mich gleich ans Klavier gesetzt und gespielt, bis er hin war.

Kaufmannslehrling

Drei Jahre war ich in einem Lebensmittelgeschäft beschäftigt. Ich habe gelbe Gurken und Bier verkauft, daß der Sau graust. Dann habe ich dreißig Schilling aus der Kassa gefladert, und der Chef hat mich kommen lassen und mich zusammengehaut. Ehrlich, mir ist ganz schlecht gewesen, wie er mir befohlen hat, daß ich die nächste Kundin, die den Laden betritt, pudern muß, sonst zeigt er mich an. Ich bin zitternd dagestanden, und da ist die Frau Ruß hereingekommen mit einem Einkaufsnetz und hat zehn Eier verlangt. »Wennst willst, kannst zwei haben«, hat der Chef gesagt und mir einen Schubser gegeben. Da bin ich mutig geworden und habe die Frau Ruß gepudert bis Ladenschluß. Dann mußte ich das Lebensmittelgeschäft zusammenräumen, abrechnen und die Bestellungen für morgen schreiben. Dabei ist es immer Mitternacht geworden.

Auf dem Jahrmarkt

Auf der Achterbahn bin ich mit meiner Alten gesessen, vor mir ihr Vati, wie ein Einser. Er war im Krieg und hat angegeben, daß ihm das Achterbahnfahren nichts ausmacht. Zuerst hat er sich noch gesponnenen Zucker gekauft, dann sind wir losgefahren. Wie wir unten angekommen sind, haben wir bemerkt, daß dem Vati der Kopf fehlt. Wir sind ausgestiegen und aufgeregt den Weg zurückgelaufen, bis wir den Kopf gefunden haben, daß wir ihn der Mutti zeigen, sonst glaubt sie, wir sind schuld. »Gute Nacht, Herr Bäckermeister«, habe ich mir gedacht, »wenn mir das passiert...« Aber auf die Frieda stehe ich trotzdem.

Die Bergsteiger

Zuerst haben sich die Bergsteiger an Winden höher gezogen, und als das nicht mehr gegangen ist, haben sie sich das Seil um den Bauch gebunden und sich gegenseitig die Wand hinaufgezogen. Ich habe es ganz genau gesehen, durch das Münzfernrohr vor dem Schutzhaus. Die anderen Touristen haben sich herumgedrängt, und ich habe sagen müssen, was die Haberer in der Wand machen. Wie der erste hinuntergefallen ist, habe ich mich zerfranst, und da haben sie mich von dem Fernrohr weggeschupft. Wie die anderen hinuntergefallen sind, habe ich nicht mehr sehen können, weil wir selbst in eine Gletscherspalte gestürzt sind, die unter unseren Füßen aufgeklafft ist. Ich konnte mich mit den Fingern am Rand festklammern, während die anderen alle in der Tiefe verschwunden sind.

Im Himmel

Da bin ich aufgestiegen in den Himmel. Leck' Bukkel! Ich bin so leicht geworden, daß ich nach oben geflogen bin, bis zu den Engeln. Die sind herumgestanden und haben die Pappn aufgemacht, wie sie mich gesehen haben, und mich mit duftenden Rosen beworfen. Ich habe goldene Flügel gehabt und goldenes Haar. Der Gottvater ist vor mir gesessen, eine trilliardentrillionenmilliardenmillionen Lichtjahre weg von der Erde in einem feurigen Kometenschweif, und zu seinen Füßen hat man in die Hölle gesehen, üppige, blühende Gärten mit lispelnden Schlangen und buntgefiederten Vögeln, die die ganze Zeit getrillert und gepfiffen und geschmatzt und geschnalzt haben. Wie wir hinuntergeschaut haben, hat es Schlüsselblumen geregnet, und die Engel sind in Wirklichkeit in der Hölle spazierengegangen und haben sich dort geküßt. Der Gott hat ein dreieckiges Auge gehabt und einen schiefen Mund, der ihm heruntergehängt ist. Er hat seinen Brater herausgezogen und geschaut, wie spät es ist. Wie er den Uhrdekkel aufgemacht und mir die Gravur gezeigt hat, sind lauter Engel herausgeflogen und haben Blumen gestreut. Mit jeder Sekunde, die vergangen ist, sind Sterne aus dem Brater in das All geflogen. Wie er dann die Uhr aufgezogen hat, hat er mich gefragt, ob ich es tun will. Ich hab den schweren Brater genommen und bin hingeflogen. Ich habe mich aufgerappelt und den Brater an die Wand gelehnt und oben die Aufziehschraube gedreht. Und da sind mit Tick und Tack die Engeln gekommen und haben den Gott in die Zwangsjacke gesteckt, und ich hab mich auf seinen Platz gesetzt und alles gesehen. Da hab ich gewußt, daß er verrückt ist wie ich. Und ich habe überrissen, daß ich nichts bin als ein unerhörbarer Laut eines endlosen Gelächters.

Selbstportrait

Ich trage die rote Uniform des Hotelpagen, der an seinem Husten erstickt. Das Areal des Hotels darf ich nicht verlassen, selbst im Winter nicht, wenn die Gäste ausbleiben. Ich habe vor dem Speisesaal zu warten, bis die Speisen aufgetragen werden. Mein Gesicht ist ehrlich gesagt verunstaltet. Unter der Decke schweben die Stubenmädchen und verfolgen jeden meiner Handgriffe. Ich bin häßlich, ich bin schlecht. Meine Nasenlöcher sind abstoßend, meine Nase ist idiotisch, ebenso mein wulstiger Mund und das abstehende Ohrenpaar. Ich habe keine andere Arbeit zu verrichten, als zu warten. Das rote Gladiolenmuster der Tapete knistert. Ich erkenne mich im großen Spiegel im Foyer, der Sprünge aufweist. Das ist mein Gesicht.

gez.